家守绮谭

〔日〕梨木香步 著

田肖霞 译

人民文学出版社

著作权合同登记号：图字 01-2017-1150

IEMORI KITAN(家守綺譚)
Copyright © 2004 by Kaho NASHIKI(梨木香步)
First published in Japan in 2004 by SHINCHOSHA Publishing Co., Ltd.
Simplified Chinese translation rights arranged with SHINCHOSHA Publishing Co., Ltd.
through Japan Foreign-Rights Centre/Bardon-Chinese Media Agency

图书在版编目(CIP)数据

家守绮谭/(日)梨木香步著；田肖霞译.—北京：
人民文学出版社，2017
(梨木香步作品系列)
ISBN 978-7-02-012625-5

Ⅰ.①家… Ⅱ.①梨… ②田… Ⅲ.①长篇小说-日本-现代 Ⅳ.①I313.45

中国版本图书馆 CIP 数据核字(2017)第 072005 号

责任编辑　朱卫净　潘丽萍
封面设计　钱　珺

出版发行　人民文学出版社
社　　址　北京市朝内大街 166 号
邮政编码　100705
网　　址　http://www.rw-cn.com
印　　刷　山东德州新华印务有限责任公司
经　　销　全国新华书店等
字　　数　86 千字
开　　本　850 毫米×1168 毫米　1/32
印　　张　5.75
插　　页　2
版　　次　2017 年 9 月北京第 1 版
印　　次　2017 年 9 月第 1 次印刷
书　　号　978-7-02-012625-5
定　　价　32.00 元

如有印装质量问题，请与本社图书销售中心调换。电话：010-65233595

家守绮谭

以下是学者绵贯征四郎的著述。

目 录

001 | 百日红
008 | 忘都草
014 | 未草
019 | 大丽花
026 | 鱼腥草
034 | 王瓜
039 | 竹之花
044 | 白玉兰
049 | 木槿
056 | 沙参
061 | 野菰
066 | 红叶
073 | 葛
078 | 胡枝子
082 | 芒草

088	油点草
095	野菊
101	杜松
108	茶梅
114	龙之须
121	柠檬
127	南天竹
133	蜂斗菜
139	节分草
145	浙贝母
150	山椒
156	樱
164	葡萄
172	乌蔹莓记

百日红[①]

偶尔会有眼生的西洋草木绽出新芽,源自鸟儿的高空弃物,不过,这里原本是个日本风味的庭院。因为无人打理,棕榈、樟树、丹桂、杜鹃、茶梅、荷花玉兰、桧树、海石榴、灌木、杉树,都肆意地伸展着,极尽荣华。从前的主人在时,园丁定期过来,所以植物们各守其分,漾出整洁平稳的氛围。若问我为什么知道这个,因为这里是我学生时代去世的朋友的家。朋友名叫高堂。高堂还在世的时候,我总是径自去他在二楼的房间,不曾坐在客厅闲闲地眺望院子。高堂是划艇部的成员。有一天,他去和此地隔一座山的湖泊划船,从此下落不明。毕业后,我写着卖不出去的文章,仍继续住在学

[①] 更常用的名称是"紫薇",因与正文有呼应,译作"百日红"。日语名直译为"猴滑树",因树干光滑不易攀援而得名。该树有一特性,如果用手轻轻搔它的树干,大地虽无风,但全树由基部到顶端枝全身摇动,似人怕痒,俗称怕痒树。

生时代的寄宿舍。因为我没有其他地方可去，也无力负担搬家的费用。偶尔在杂志上发表文章得了稿费，其实还不够吃饭。所以我还在英语学校担任非正式的教师。校方也提过转正的事，但我觉得自己的本分毕竟是写作，不想往这方面过多地投入精力，于是客气地拒绝了。如此一来，校长从鼻子里哼哼一笑，故作客气道："哪里，是我太失礼了，我不该把您给看低了。"真是个品性低下的家伙。我更加坚定了决心，要投身于自己真正想做的事，然而缺乏资本，做什么都难。就在我一筹莫展的时候，死去的高堂他父亲向我提出，因为自己年纪大了，想到出嫁的女儿家附近隐居，能否帮忙看家。他说只要住在这里，每天开开窗就好，并可以每月付我少许报酬。这话真是雪中送炭。正值盛夏，我倾尽几近干瘪的钱包，买了西瓜提在手上，走在夏蝉嘶声如雨的绿荫路上，去拜访高堂的父亲。事情在谈话间顺畅地商定下来，转年的春天起，我搬到了这里。同时，我辞了英语学校的工作。总算辞了。

　　说是侍弄院子的事请随意，所以我完全没动手。但不知是否因为这个缘故，草木的长势甚好。

　　家的北面是山，山脚下有从湖那边引来的水渠。家的南面是田野，田野里有从山脚水渠引过去的农用水渠。农用水渠在半道上成了这个家的池塘。两开间的客厅附着L字形状的游廊①,位于L字一角的柱子被安置在池塘中的石头上。隔着池塘,游廊的对面伫立着一株百日红,树干斜斜倚向这边。

邻家的女主人送了些颇费工夫的寿司手卷过来,说她在这里住了二十多年,还是第一次看见百日红开得如此茂盛,她赞叹着回去了。虽说是偶然的结果,我内心却很得意。原先并不是一株能这样开花的树。从客厅看是看不到的,转到另一面就能发现,百日红的树干上有个大洞,只是靠着面向客厅的一层树皮才好歹活着。

我本来想,不枯萎而弱弱地延续下去也好,可这棵树竟是不负它盛开的名字,这是什么缘故呢?这树也被叫作猴滑树,树干果然滑溜溜的,摸上去感觉相当不错。所以,每当写文章不顺利,思绪虬结,在院子里转圈的时候,我便抚摸百日红的树干。这终于成了每天的惯例。我朝树干伸出手,从比头顶高些的位置滑动手心,便可以哧哧溜溜毫无阻滞,滑不溜丢地一路摸到脚跟前。树皮的少许起伏也使得感触平

---

① 日语叫作"缘侧"(en-gawa),是衔接室内和户外的外廊,在屋檐下,一般设有可以装卸的板门,近代则改为移动玻璃门,门打开后就形成了开放的走廊空间。——译者注,下同

添了趣味。但不至于是因为我的抚摸而盛放。这棵树不曾被工作急躁的年轻花匠狠狠矫正，大抵是种幸运吧。我的功劳在于把它从花匠的剪刀下解救出来。

百日红的花朵是比樱花更浓郁的高贵桃红色。花朵累累，风一起便轻轻地蹭着客厅的玻璃门。

昨晚一开始也是这样。

从傍晚开始，风雨就变得猛烈起来，本该装上木板套门，但我赖着没动手，钻进了从不收起的地铺。到了半夜，玻璃门发出吱吱的声响，和之前的咔哒咔哒声显然不同。我随之醒来。是猫或是别的什么吧，我起初这样想。我打算放着不管继续睡，可那声响越来越大。到最后像是整座房子都在作响，我忍不住起身点亮了煤油灯，去查看游廊的玻璃门。

浮现于油灯光线下的玻璃门那头是漆黑的暗夜，风疾雨骤，仿佛在猛烈地搅动着黑暗。平时无论吹什么风，开花的枝头都会碰到玻璃门，但这时百日红的簇簇花朵砸到玻璃门上，就像以某种巨大的力量猛地将脸凑过来。整根大树枝挤上前撞过来，然后如同猛然退潮般向后退去，就这样重复着同样的动作。那声音逐渐形成幻听般的声响。

……让我进去……

　　这样一来，我哪里还有关上木板套门的心思。首先，我可没有勇气在这样的风雨中开门。我回到客厅，重新把被子蒙到头顶，打算睡觉。我没熄掉油灯，就把它搁在枕边。终于，风雨逐渐敛息，同时，吱吱的声响又回来了。我以为那声音光是从玻璃门传来，注意到时，发现声响是从壁龛的挂轴那儿传来的。我可不是那种会带着挂轴的风雅人士，这是原来的主人留下的，是一幅绘有水边芦苇的风景画，其中，一只白鹭正朝着水中的鱼儿虎视眈眈。我只把脑袋悄悄探出被子，向壁龛看去，只见挂轴中的白鹭是一副仓皇逃开的模样，不知何时，挂轴中的风景成了雨景，其间有一艘小划艇划近前来。划船的人还很年轻……是高堂。船近了。

　　"怎么了？高堂，"我不由得开口问道，"你不是死了吗？"

　　"什么啊，我趁下雨划船来的。"高堂若无其事地说。

　　"你是来见我的？"

　　"是呀，来见你。不过今天没什么时间，"高堂站在小船上继续说道，"百日红那家伙，在暗恋你。"

　　"……哦。"

方才的怪事是这个缘故啊。我双手抱胸,闭上眼睛沉思了一番。其实我心里有点谱,但为了百日红的名誉,我不想说出来。

"这是我第一次被树暗恋。"

"树不树的,这话多余了吧。你是第一次被暗恋,这样说就足够了。"高堂以和生前毫无二致的口吻调侃道。

"怎么办才好呢?"

"你想怎么办?"

他这样一问,我又苦苦思考起来。被树暗恋的时候该怎样,或是想怎样,我简直无从考虑。

"你可真迂腐,"高堂明显兴趣盎然,"那家伙看起来这样,其实相当喜欢聊天。你不时地读点书给她听吧。或许她的热情过一阵也就冷却了。"

"原来如此。"

无非是读书给她听,这和我的日常活动也没什么差别,对我来说无需勉强就能做到。

"那我做就是了。"

"你做吧。我走了。"

高堂转过身,在雨中的芦苇丛间划动小艇,正要离开。

"高堂,"我大声喊道,还有话想对他说,"不能再见了吗?"

"我还会来的。"高堂在渐渐变小的划艇上答道。

挂轴中的雾气逐渐转晴,变回了原先的风景。白鹭也回来了,又凝固成原本的姿势。

那之后,我总在午后坐在百日红的树根旁念书给她听。我不再那样抚摸树干。百日红最初似有不满,但看得出来,她逐渐投入到书本之中去了。百日红也有喜好,遇到喜欢的作家的书,叶子的倾斜度像是有所不同。顺便一提,我读了自己的作品,她大为高兴,整个树干都颤抖起来。我觉得这很可爱。虽然出版商对我的稿子还没什么反响,但百日红的反应告诉我,不要枯萎,哪怕只是弱弱地延续下去。于是我常把收拾鱼后剩下的内脏之类的东西埋在她的根部。我想:明年如果能适可而止地开花就好了。

忘都草[1]

罗汉松的根部日照良好,早春的时候,嗖嗖地冒出了像是马兰头的草芽。

"这是忘都草,过去这家的太太很喜欢。"邻家太太告诉我。

这一风雅的名字留在了心里,我想:它会开出怎样的花呢?就这样并未着意地等了一段时间,它果然开出了楚楚可怜的花朵。形状和野菊一样,颜色却是远比野菊艳丽的浓紫色。

最近,我接连在杂志上刊登了两个短篇故事。因为得了稿费,便去车站前商店街的肉铺买了肉回来。刚提着一包肉迈步,就有只狗尾随而至。我"唏唏"地呵斥着赶它走,它

---

[1] 中文名为"六月菊",因与正文有呼应而采用直译。

却怎么也不肯离开。被跟着实属无奈，不过提着肉走路是我不够慎重，我便将肉顶在头上一路走回来。途中遇到附近的老大爷。他问我："这是什么咒法吗？"我回答："我这是突然想起了异国的风俗。"事实上，我没撒谎。只是，我并不是因为有异国的风俗才这样做的，而是在这样做的过程中想起了异国的风俗。

我把炉子和铁锅拿到客厅前方的游廊上，开始烤肉。大概是被烤肉味儿所吸引，挂轴忽然晃动起来，只听一声吆喝，高堂现了身。

"你又突然出现了。这次用不着下雨？"我问道。

"那是头一回嘛。任何事头一回做总是不得要领。一旦有了路，过来也就容易了。"

说得有理。我听到游廊边上有什么在咆哮，放眼望去，原来是刚才那只狗。它似乎是钻进门绕过院子来到这儿的。它可能害怕高堂，尾巴蜷在后腿之间，一边后退，一边发出低吼。

"呵，这家伙不错啊。绵贯，你扔给它一片肉。"

忘说了，我的名字是绵贯征四郎。

"这肉很珍贵的。"我明显地露出不快的神色。

"你就当我还活着,当这肉是给我的。"

他这么一说,我不由得怅然。

"给,这是高堂给你的。别叫了。"

我抛出一片肉,肉片飞到了百日红的根部。刚扔出去,狗便摇着尾巴跳过池塘朝肉扑去。

"现实的家伙。"

"畜生像它那样没什么不好。那家伙会待在这儿。你给它取个名字。"

"这可麻烦了。我自个儿好歹才能吃上饭。"

"总能解决的。隔壁的女主人相当爱狗。她也知道你日子困窘,所以大概会设法帮你。"

"你不帮帮我吗?譬如让我写出杰作什么的。"

"我可没有那样的神通,"高堂极度缺乏兴趣地答道,随即又说,"名字叫五郎如何?征四郎之后是征五郎,这样太夸张了,所以把'征'字去掉,就是五郎。"

"叫什么都可以。我可不给它造狗屋什么的。它要是想睡,就在地板底下①睡好了。我不过是不赶它出去,倒不是因

---

① 日式房屋的一楼地板下有架空的空间。

为你让我养它。"

吃完肉的五郎在附近嗅了一通，然后在百日红的根部往外刨起土来。大概因为那里散发着鱼内脏的气味。

"喂，你能让它别闹了吗？"我烦躁地说。

高堂飞快地起身道："别闹了，五郎。"

唔，高堂有脚。

这时，五郎不知为何突然老实起来，它走到游廊的底下，一蜷身趴在地上。

高堂满意道："好，乖孩子。五郎。"

我一边观赏这情景，一边吃肉。

"可好吃了。你不要吗？"

"你这是向什么人说的什么话啊，我真服了你。我得走了。时间到了。"说着，他重新进入挂轴之中。船似乎是拴着的。

"下次能不能多待一会儿？"我朝他喊道。

"也许吧。"高堂回答。

五郎仿佛不胜惋惜地朝挂轴"汪"了一声。

没过多久，玄关传来响动，我走出去，原来是邻家太太。

"哦，那个什么，我多做了一些，所以……"

我一看,她拿来的是看上去很美味的炖鸡肉。我道了谢,她却不肯离去,显得有些慌乱。

"我刚才好像听到了狗叫声……"

这时,五郎恰到好处地摇着尾巴走了出来,满面笑容。如果狗具有所谓笑容的话,那就只能是它这副表情。

"呀,真可爱。你养了狗?"

"唉,不,我没有那样的闲钱,可事到如今……"

"请积些功德吧。"太太一边抚摸五郎,一边脸色严肃地对我点头道。

我终于醒悟过来,这鸡肉原来有一半是归功于五郎啊。

"在这个家听到狗叫声,可真是……之前的老爷讨厌狗,这家的少爷可怜见的,总来我家逗弄我们当时养的狗。"

她所说的少爷,是指高堂吗?

"是啊,是已经去世的那位……对了,他和你曾是同窗吧?这只狗叫什么?"

"我在想,叫五郎怎么样。"

"咦,五郎?"

太太的眼睛一亮。

"和我家从前养的狗同名!哎呀呀,世上竟有这样的事呢。这可就没法把它当外人,不,外狗。这样啊,你叫五郎?"

太太用脸蹭了蹭五郎。原来如此,她的确相当爱狗。

傍晚,我分了一半鸡肉给五郎,随后我做了件不像自己的事,摘了一株忘都草。我把它插进家里倒在地上的带缺口的花瓶中,放在壁龛的挂轴前。

这样啊,高堂,你曾想把五郎养在这个家里。我不出声地自语道。

未　草[①]

　　我在游廊钓鱼。香鱼有时从湖泊经过水渠而来。运气好的时候能钓到鳗鱼。这阵子的早上，有白鹭在院子里一动不动地伺机捉鱼。有意思，是从上空看准这个池塘落下来的吧，这样想着，我无意间看向挂轴，应该在其中的白鹭杳无影踪。我在心里"咦"了一声，重新看向池塘，转瞬之前确实在那儿的白鹭也不见了。也有这样的怪事啊。我想着，又看向挂轴，白鹭已经回去了，并装出一副若无其事的表情。真是半点都大意不得。

　　池塘中如今盛开着小朵的睡莲。据说名叫"未草"。这名字很恰当，一到未时，就规规矩矩地绽放花朵。这水草最近

[①] 未草，因未时（下午两点）开放而得名。在日语中，未草的发音同"羊草"，因此征四郎有下面一段"如果是羊"的感想。中文名为"睡莲"。

常发出"咳咳咳"的扰攘叫声。如果是羊,该以别的调门叫唤才对。百日红似乎不太喜欢这草。未草一开花,她就仿佛不胜厌烦地把树干背过去。我和她说过我讨厌争执,所以至今没发生什么大的问题。

起初,五郎一听见未草叫唤就惊跳起来,如今它已经习惯了,连午睡的眼睛也不睁一下。说起五郎,自从养了它,邻家太太每天过来一次,送来些冷饭酱汤之类的东西,说是她家余下的。既是给狗吃的,全部弄作一堆盛来便好,却是特意装在不同的器皿里拿来的。她大概隐约知道我一起受了款待。真是格外用心的邻居。所以,她岂止是喂五郎,明明是给我填肚子。不仅如此,五郎还成了看家狗。前不久,它吠得厉害,我便到院子查看究竟,发现有条蜈蚣正在竹篱上,扬起上半身恐吓五郎。两者都不肯退让一步,呈对峙之势。白鹭大约也是在那时乘隙溜出来捉鱼的吧。如此一来,或许是全靠这只狗,这个家才好歹保持和谐的。不愧是高堂居中游说而留下来的狗。

这个家的玄关顶上有个储物间,从厨房往上搭着一架梯子。前几天,我爬上去找蚊帐,在那里发现了一枚风铃,便把它挂在檐下。午睡时分,微风吹过,正适合半梦半醒,风铃仿佛迟疑着发出"叮——"的一声响，真是风雅之物。然而不知为何，风铃一旦作响，未草必定"咳咳咳"地叫起来，仿佛在嘲笑一般。无奈之下，我终于把风铃给解了下来。

写作缓慢，毫无进展。我从五郎这儿得了不少关照，偶尔也想给它吃点肉，却只在最初给过它一片，那之后，我自己的饭食里也没有肉的影子了。

闲来钓鱼，不觉间睡魔袭来，身子猛然一晃。我惊醒过来，睁开眼睛，发现池塘表面像是有两只眼睛在灼灼地发着光。此时，未草"咳咳咳"地叫了起来。如此说来，我没见过未草鸣叫的瞬间。我感到讶异，便走到院中，在池边蹲下，仔细打量水面。原来，在迄今为止我以为丛生着未草的位置，浮着一片绿色碟子模样的东西。我把那东西捞起来，它滑不唧溜的，有种令人不快的触感。那东西有一定的厚度，周围密生着水藻般的玩意儿，上面散落着两三个小孔，方才那双灼灼的眼睛也在其中。我无意间就这样将其扔掉，决定去找水渠那头的山寺的和尚，与他商量。五郎似乎对这东西有些在意，也老老实实地跟在我身后。和尚是我最近认识的。从车站回家的路上偶尔同路，有时我去他那儿下围棋，他也多半无所事事。

不出所料，和尚此时也闲着，正在前院铺开席子晾晒木耳。

"你很勤快嘛。"

"昨天下雨，在后山疯长出来的。这东西几乎是水长成的，所以大概成不了好干货。"和尚一口气说完，偶然瞥见我带来的东西："你也要做干货吗？"

"这个到底是什么呀？"

"哪个？"

和尚从我手里接过那东西，仔细审视一番之后说："这玩意儿生在朽木村岩合的瀑布潭中。是河童。涨水的时候被冲出来，漂到了湖里。它似乎是弄错了回去的路，结果困在你家的池塘里。"

"所谓河童，平时是这模样？"

"没错。被人从水里弄出来就成了这样。把它放回水中，就会恢复原样。"

"像干货一样的家伙。"

"就在不久以前，弘法市场还在卖这东西的干货呢。用来修浚堵塞的水井。"

"我不想做遭报应的事。把它放回水渠就行吧？"

"水渠流速快,而且这家伙的底部是研钵的形状,即便是河童也很难游回去。喂,五郎。"

五郎似乎领会到自己将有用武之地,倏地竖起了耳朵。

"你辛苦一趟,把这个送到朽木村的瀑布潭。"和尚说着,用包袱布把那东西裹了起来,挂在五郎的脖子上。

"行吗?你懂我的意思吧?一直爬上这座山,沿着山脊走,会遇到一条散发着青花鱼气味的街道。继续往前,等看到河,把它放进去。那时,会有只河童从包袱里出来。"

这只叫五郎的狗深具异样的秉性。它"汪"地叫了一声,随即像是听懂了一样,朝山那边奔去。

那之后过了两天,五郎仍没有回来。邻家女主人放心不下,我把经过一说,她便以肃然的表情颔首道:"这是常有的事。"

五郎或许在享受河童款待的盛宴。我取出风铃,重新把它挂上。风铃叮然作响,未草却不再叫唤。如此静谧很好,但也有些落寞。那只河童大概喜欢风铃吧。我想:若有机会前往朽木村,便把风铃挂在瀑布潭附近的树枝上也好。

大丽花

车站内有一处交托邮件的地方。赶时间的稿子由那里送出是最快的。送完稿子，我放松下来，慢悠悠地踏上归途，在低掩的大叶黄杨树篱对面，盛开着宛如正在燃烧的暗红色花朵，那花朵仿佛朝这边看过来，我不由得心旌摇摇。本来就是别人家的东西，停下来死盯着看倒也罢了，若伸手触碰，不免有些忌惮，我试着径直走过去，到家后却没法不牵挂。那仿佛天鹅绒的花瓣具有家中的草木所没有的况味。因为在意，我不觉将其写成了文章。成文之后，我读给百日红听了。她似乎觉得我在过多地赞美其他的花，心情恶劣。她一股脑儿地把被虫咬过的叶子和小树枝散落下来，我好不容易才逃进家里。

雨忽下忽停，是个暗沉的阴天。大概是天气的缘故吧，离黄昏还有些时候，已有性急的暮蝉"咔咔"地鸣叫起来。

虫声意外地近，为了确认虫的所在，我站到了游廊上，结果它正在百日红的树干上震动着透明的羽翼。对人类来说，这是富有情趣的事，可对百日红来说，这便等于蚊虫栖身。我想她的心情大约好不到哪里去，于是用木棍的一头帮她赶走了蝉。纵然如此，仍不见百日红的心情有所变化。我心想：随你好了。于是返回家中。雨淅淅沥沥地下起来。有人在玄关说话，我惊跳起身，跑出大门。我记挂着五郎未归一事。当然我不至于以为五郎回来会在门口说话，但它可能受了伤什么的，被人送回来。

站在玄关的是一名戴斗笠的眼神锐利的男子。他一开口便说："老爷，您的宅子有蜈蚣出没吧？"

我不由得说："是啊，是有蜈蚣。不得了的东西，让人发蒙。"

男人一副不出所料的神态，点头说："果然。长虫呢？"

"蛇也有过。"

"蝮蛇呢？"

如此说来，五郎曾对着蝮蛇吠叫。它眼下究竟如何呢？我的胸口隐隐作痛。

"也有过。"

"要是有蜈蚣和蝮蛇出现，能抓给我吗？"

"怎么抓？"

"什么嘛，蜈蚣用长火筷，蝮蛇用这个，"说着，男人把一支尖端分成两股的小型鱼叉模样的东西给我看了看，"挟住脑袋，放进这个鱼篓。"

"不会逃出来？"

"不会逃出来。"

"蜈蚣倒也罢了，我可对付不了蝮蛇。说到底，抓这些东西做什么呢？"

"卖给药材批发商。那就光是蜈蚣怎么样？能换钱哩。反正，老爷您只要抓到就好。我会出面交易，我先当场付钱给您，然后再去。"

这让我动了心。可我意识到，每逢蜈蚣或蝮蛇出现，我就会在脑子里算钱，这可没法被认为是个高尚的习惯。首先，若是在我笔耕不辍的时候，就因为出现什么蜈蚣，我便中止所有的思考忙着去抓蜈蚣，这不是本末倒置吗？

"不行。不行。虽说机会难得，我做不到。"

蛇贩子露出几分黯然挫败的神色："那真是遗憾。这个家仿佛是蜈蚣的宝库来着。"

他扔下这句话就走了。也有这样奇妙的生意啊,我想着,回到客厅,却见高堂坐在壁龛①上。

"喂。"

"哦,你来了啊。说起来,在下雨呢。果然还是下雨的时候容易过来?"

"嗯。"

"有件事,我必须向你致歉。"

"五郎的事?"

"什么,原来你知道啊。它去送河童,一直未归。"

"那河童漂到这里不久就捉弄白鹭,企图把它拖进水里。白鹭生气了,啄了它。那时,是五郎居中调解,才没惹出事。"

我试图想象那幅场景,但这超出了我的能力范畴。高堂对瞠目结舌的我视而不见,继续说道:"所以河童感恩于五郎。再加上这次的事,就更是如此吧。五郎或许会带着河童新娘回来。"

"那可就麻烦了,"我慌忙说道,"邻家太太喜欢狗,所以

---

① 日式房屋的壁龛一般只比房间高一级台阶,用于挂画或摆放插花。

照拂我们,可没道理连河童也照顾。这让我实在没脸见她。"

我当然早知道自己不可靠,却也不想让事态进一步演化到莫名其妙的地步。高堂不出声地一笑:"放心吧。这一对的阻碍过多,大概难以成就姻缘。"

我放心了。说起来,这家伙从过去就有嘲弄人的癖好。看来虽说死了,这一点也没变。

"五郎会回来吗?"

"会回来。就在刚才,我瞧见它走在湖畔。"

"为什么又跑到湖畔去?"

"那我就不知道了。狗也有想多些见识的时候吧。或许它正沉浸在与河童离别的旅愁之中。"

"毫无意义。"

从院子靠近游廊的地方传来动物扑啦啦抖动身体的声音。

"看,正说着就回来了。五郎,你回来得挺早嘛。"

高堂站起身朝五郎搭话。五郎的模样并不怎么疲倦或肮脏,它兴高采烈地摇着尾巴,"汪"地呜咽了一声。和它最初与高堂见面时相比,其态度有相当的差别。我也放下了心,从游廊边上摸它的脑袋:"五郎,你辛苦了。"

五郎看来很满足。我想给它点什么,但一无所有,于心难忍。

这时，从玄关传来邻家太太的一声"打扰了"。

"哦，是五郎的声音传过去了。五郎，太好了。"

五郎匆匆朝玄关那边奔去。那之后的一会儿工夫里，只听太太的声音传来："五郎乖，你总算回来了。"

我走到玄关，她便说："不好意思，我擅自走进来。因为听到五郎的声音。不巧只有这样的东西。"

我一看，五郎正在吃蒸芋头。大概毕竟是肚子饿了，它吃得比平时更狼吞虎咽。

"真可怜。"太太强烈同情道。

然而在那一刻，让我产生了无法形容的复杂感想的是，五郎即便在专心进食也不好意思地偷偷瞄向我。看上去，它仿佛在说："我独个儿吃了，可以吗？"真可怜。我自己也够可怜的。我还是应该接下抓蜈蚣的活儿吗？让害虫有些用处到底有什么不好？就算是蝮蛇，只要我有意，也不是抓不到。左邻右舍也会高兴；药材批发商也会高兴；我的经济也会得到助益。也许我该做。可是，我不喜欢这个念头。这让我有点自我厌恶。我回到客厅，高堂已不见了。这徒增了寂寥，使我生出了素来没有的破罐破摔的豪气。我拿了钱包走出去。

我是去肉铺，为了庆祝五郎的回归。

雨停了，五郎欢欣雀跃地尾随在后。途中，经过了那户开着红色花朵的人家。编着麻花辫的女孩儿正在打扫院子。我们的目光偶然相遇了。我情绪高涨，因而向她搭讪道："好漂亮的花啊。"

女孩儿红了脸答道："这叫作大丽花。"

我们没再说别的，我就此离开。我心里很是轻飘飘的。五郎露出心领神会的神气，在高架铁路跟前等着我，一边摇着尾巴。天空高远而晴朗。

我一定能对付过去，蜈蚣也罢，蝮蛇也罢。

因为五郎回来了。

鱼腥草

　　新绿呀新绿，我这样想着，每天以穷奢极欲的绿色盛宴养眼，而雨季不觉间到来了。就连对淋湿向来满不在乎的五郎大约也觉得没必要故意淋雨，它百无聊赖地待在游廊底下。我自然也无心外出。

　　我久久地坐在桌前，雨声簌簌响起，如同波浪般不断周而复始，在游廊周围、家的四周、庭院的周遭渐下渐猛，包拢过来。听到那声音，我动弹不得，仿佛被什么压住了似的。就像成了雨的囚徒。明明是白天，却像夜一样昏暗，空气清冷，肌肤感觉到梅雨携来的寒意，仿佛就连头脑深处也浸透了冷彻的湿气。

　　午后，难得雨停了，太阳从云缝闪现，阳光忽然刺进了我的庭院。我心想这下好了，走到院里舒展身子。我发现，持续了好几天的雨水使草木更加迅速地茂盛起来。我巡视一圈,发现池畔叠放着什么,便走近去,那东西既不像布又非皮革,呈现一种暗绿掺和了深褐的泥土色,而且溜溜地发着光。我感觉有点毛骨悚然,用棍子的一端把那东西挑起来。"咻"地摊开之后,那东西的土色带着透明,随着微风悠悠地飘动。那样子像是筒袖和服与短衬裤连在了一起。虽说如此,整体没有那么大。只及我的膝盖。这时,玄关突然传来了说话声。

"雨总算停了,五郎。"

是邻家太太。她又给五郎带了吃的来吗?我正想着,五郎也从游廊底下响声连连地蹿出来,我对绕过庭院走来的太太轻微点头示意,她正要回以微笑,却倏地怔在当场,盯着我手里的棍子的一端。

"这可了不得呀。"

"这是什么?"

我晃了晃棍子,向她示意。

"一定是河童蜕。"太太自信满满地回答。

"您怎么连这也知道?"我心生讶异,问道。

太太似乎带着几分同情看向我:"看一眼就知道了。"

可我不知道。

"是身体还没固化的年轻的河童。"

这我就更不懂了。

"历经年月的河童,就像之前那个,能变成一个盘子,也能做成干货,不过年轻的还很水嫩。"太太说到这里,声音中带了少许伤感。"过冬之后,光是表皮变硬了,再以五月的阳气晒干,让梅雨最初的雨水拍打,使外皮膨胀,然后脱下来。只有年轻的河童这样做。看,连蹼的痕迹也在……"

被她这么一说,果然有形同蹼的痕迹。太太走近来,呵呵笑着,一边伸手去揪蹼的周边和足鳍四周,一边细细地打量着。

"真巧妙。这是从背后裂开,用一边的指尖按住,河童浮在水里,从肩膀往下脱,依序脱下来,不让它破掉。这是女河童,男的做不到这样的手艺。"

我对她断然的口吻有些反感,便低声自语:"且不说我,就算是男的,也有神经质的家伙。"

太太似乎没听到这话:"从前有这样的说法,扯一点这个放进衣橱的抽屉,衣服就会增多。"

她像是遗憾地注视着那东西,又说:"不过,这么巧妙的东西,还是整个儿收起来为好。"她经过一番心理斗争,终于摆出舍弃私欲的表情:"你还是把它放在屋檐下晾干吧,那样就好。"

"晾干了有什么用?"

"有什么用?你啊,"太太短暂地想了一下,"你特别困窘的时候,可以去和药材批发商谈谈。"

"这玩意儿能做什么药?"

"药材商看了便知。"说着,她把带来的小锅里看上去像是鲷鱼头的东西倒进五郎的食盆。"我家那位去参加上梁仪式,得了些烤鲷鱼。慢慢吃吧。也给你的主人带了一些来,放在玄关台阶那儿了。"

我说平日多谢了,边说边低下头,抬头时,太太已经不在那儿了。我走到玄关一看,等着我的是连头带尾的鲷鱼。真是多谢她了。

傍晚时分,云的行进变得异常。我不知怎的有些在意,将所谓的"河童蜕"收进屋里,挂在二楼的衣架上。我下到一楼,点亮客厅的电灯。水渠尽头建了座发电厂,所以这个家也在客厅和玄关装了电灯,但因为时常停电,电灯不大能当作可用的物件。我仍然倚仗油灯,不过有时也得开电灯,而电不听使唤,这也让我挺困扰。

晚饭后，一如预想，又下起了雨。五郎在外面发出奇怪的吠声。说起来，我把"河童蜕"拿进来时，它的样子也有点儿怪。是因为鲷鱼脑袋作祟？也许是因为梅雨的寒意。我想着让它到没铺地板的房间入口来，便将玄关打开少许，喊五郎过来。可它没来。我等了许久也不见它，只好关上门作罢。以防万一，我决定在一楼的客厅工作。在这边容易感觉到五郎的动静。

那一晚，我的稿子进展不错，或许是河童蜕的缘故。原稿有进展，收入便增加，自然会添置衣装，可能是这般手段。我在心底窃笑，真是得了个至宝。这时，有个声音传来。我想着是不是五郎，摆了个姿势，这时发现声音是从壁橱传来的。声音大了许多，听起来像是有什么在"咔哒咔哒"地晃动。正当我这样想时，小划艇突如其来地飞了出来，又迅速退回去，高堂现身了。哦，你来了。我心里想着，短暂地看了他一会儿。等抵达的忙乱告一段落后，他转向我这边，我冲他点点头，重新回到稿纸跟前。时至如今，我也不诧异了。他一向擅自进来，不管我这边的情形，所以也不能期待我特意和他打招呼。可高堂毫不在意我的忙碌状，突然满不在乎地开口道："你把河童衣放哪儿去了？"

哈哈，河童衣是指那东西吧。我立即明白过来，却佯装不知："那究竟是什么？"

结果高堂说："别装了。你向来有个习惯，遇到不知道的词就显出狼狈，你眼下那副不可思议的镇定模样就等于在说，咦，河童衣，这我知道。"

我顿时有些狼狈："原来如此。那么，假定我有那东西，和你有什么关系？"

高堂看向身后。接着，从挂轴中走出一位十二三岁模样的垂髫少女。她身上的麻质单衣湿透了。她似乎相当沮丧，呆立在铺了地板的房间里，头也不抬，这情景却有点瘆人。高堂十分同情地看向少女的身影："衣服是那孩子的。"

"可那不是河童蜕吗？是河童蜕皮后的残迹。"我不由得招认道。

高堂不接我的话，以一副理所当然的神情说："那是讹传，给河童们带来了不少麻烦。于是不慎脱下的河童衣被人拿了去，想回也回不去，有不少河童因此堕入皮肉营生。这孩子也是来取脱在这里的衣服却找不到。她向五郎打听了原委，又经它介绍，来我这里求助。"

我感到愤然。看上去我简直是个盗贼一般的坏人，而高堂则是个彻头彻尾的善人。我起身到二楼取了"河童衣"过来。我在上下楼梯的时候已然忘了自己的愤慨,把它递过去时,我已经彻底站在为河童着想的立场上,连我自己也感到没骨气:"是不是晾得太干了?带着水汽为好吧。"

我感到,要是自己的人格多几分魄力,思想会更有深度,对文笔之道也更有益。而我性格中的轻飘不正是稿子缺乏重量的致命原因吗?

那少女左右摇摆着走近,似乎十分高兴,她"刷"地低下头,从我手中接过了河童衣。偶然一瞥之下,她的手和面孔的颜色像是扑了一层泛着微绿的白生生的粉,大概因为我心怀这样的念头,她那倏然扯向两边现出微笑的异常削薄的嘴唇,看来总不像是人间之物。不对不对,这样想的话,她就太可怜了,那该是她努力表示善意的神情。垂髫河童又向高堂"刷"地一低头,她手拿那东西,奔向只开了一处的游廊玻璃门,朝着池畔跃下游廊。外面还在下着小雨。

"别看。"高堂低语道。我慌忙移开视线。

"我觉得那衣服好像太小了。"

"那是能伸缩的。一穿上就伸展开了。据说今天在清瀑有河童的十三参拜①。说是其他伙伴都从北方翻山越岭前往,那孩子想坐火车,所以来了这里。"高堂若无其事地说道。随即,池塘传来"扑通"一声,那之后归于寂静。

我们二人站在游廊上向外眺望。

"好,已经走了。"

"那就好,那就好。"

我意识到,绵延不绝的水路的气味掠过鼻尖,那是轻微的腥气。后山漆黑的夜色终于迫近游廊,在屋内的灯光照耀下,水渠注入池中的转弯处,成群地开着鱼腥草的白色花朵,宛如一盏盏熠熠燃烧的灯笼。小雨无声地落在上面。

---

① 在京都地区,每逢阴历3月13日(现在的阳历4月13日),十三岁的少男少女为获得智慧而前往嵯峨法轮寺的虚空藏进行参拜。

王　瓜

　　我从后门①没铺地板的位置走上铺了地板的房间时，"咚"的一下，地板就着脚踩的劲头塌了一块。那是在梅雨时节。雨似乎就这样阴沉沉地下个不停。虽然那一处坏了，但只要留心避开它行走，倒也没什么不便。我没去管，结果不知什么时候从那里长出了奇妙的植物。是藤蔓植物。这也没什么要紧，我便放任不管。于是，那东西溜溜地伸出触手，吸附到木板门上，从那里开始伸出颤巍巍的叶片，并绕出藤蔓，仿佛在向四面八方摸索开去。

　　没铺地板的后门进门处没有装天花板，那里的屋顶有扇天窗，位于我举着竿子也不一定够得到的高度。从天窗进来

---

①　在日本的一些传统建筑中，后门也就是厨房通向屋外的门。因此这一带和正门一样，有一部分未铺设地板，人们在脱鞋后走上铺地板的房间。

的日照使原本在白天也昏沉沉的进门处充满了微明的光线。这株奇妙的植物一面显出虚弱病人般的趔趄，一面却以豆芽生长的速度极力炫耀着繁盛，这大抵是那抹微光的作用吧。不管怎样，这株植物的色素稀薄，像透明的水一样的鹅黄色。

因为目睹了如此热切的成长过程，我便也无意冷酷地将其拔除。每天来到厨房，我都在心里啧啧感叹一番。然而，不知何时起，那植物在房间的天花板上肆意起来，仿佛满满地布了一张网，待到它甚至开始朝进门处的屋顶延伸，我却也感到有些怪诞。这显得有几分像是杂草丛生的废屋了。该着手处理才是，我想道。然而，毕竟从这家伙将细细的藤尖小心翼翼地从地板洞里探出来时我就看着它，大约是移情之故，一旦要动手，便想着今天就算了，就这样不断重复，一天天推迟对它的判决。身为被委托打理这个家的人，我实在很抱歉。

有一天，那是个阳光极为炙烈的日子，也没什么风，我决定在厨房铺了地板的屋内午睡。那植物确实怪诞，可另一方面，这间屋子成了绿色的凉亭，气温和其他房间有两三度的落差。从后门穿过玄关的空气也更流通，经由后门外潮湿的石墙吹来的凉丝丝的风给肌肤带来畅快之感。室内繁茂的叶片也飒飒作响。我无意间抬头看去,只见像是纯白的细绢丝般的东西从天花板落下,仿佛下了一阵雨。一缕缕细丝都如白银般闪着光,再没有比这更庄严的景象了。那东西也落到了我睡觉的位置附近,所以我试着悄悄地抓住一根,意外的是它似乎很结实。我便尝试着往上爬。那是飒飒作响的白光之林,光之林的那头有个人。我定睛看去,那人似乎是高堂。喂——高堂。我想喊他,却发不出声音。我按了按喉咙,感触很怪。我慌忙看向手掌,不由得怔住。那不是人类的手。

"当然了。因为你是壁虎。"高堂不知何时走近前来,这样说道。

"从一开始就是吗?"我用嘶哑的怪异嗓音问高堂。是吗?这就是壁虎的声音啊。我奇异地感动着。

"没错。你做了梦。梦见自己变成了人。"高堂不同以往般温柔地说道,似乎是为了说服我。

啊,怪不得,原来是这样啊。是梦啊。我仿佛终于释然地理解了。随即吹起了猛烈的风。我用四只脚死死地抓住,以防自己掉下去。

这时,我醒了。骤起的风晃动着后门。周遭变暗了,带着湿气的风吹了进来。似乎下起了阵雨。刚恍惚听到啪啦啪啦的巨大雨声，大雨便在转瞬间哗然而下。

我好像还没完全醒，怔了一怔，忽然看见天花板四处遍布着一团团白色，像是皱巴巴的蕾丝。我起身凝神细看，发现应该是这植物的花。白色的花瓣周围缠绕着白线，宛如花瓣发出的叹息。我好像是在继续做梦。又或者，这一刻才是梦？

玄关那边有人说话。我摇摇晃晃地走出去，来人是我学生时代的学弟山内。他如今是在邻市的出版社供职的编辑。我让他进屋，给他看了这个异象。

"哦，这是王瓜的花。学长你没见过？"

"那样的东西会开花？"

"瞧你说的，会结果，当然也会开花。一般是在日落时开花，不过，按学长你所说的，这里的白天也像黄昏一样。大概因为这样，才在大中午开始开花吧。这里的门敞着，虫子也会进来，到秋天会结出累累的果实吧。"

我想象了一下从天花板齐齐生出王瓜的情景。

"会很热闹吧。"

"长成这样，对房东来说会不会不妥呢？"

"不太好吧。这可麻烦了。"

"可是,没见过长得这么厉害的。"山内抱着手盯着天花板,他忽然伸出手:"咦,这是什么?"

他从白花中间取出个干枯的树皮模样的东西。

"哦,是壁虎。"

我看向山内手中的东西,那确实是干透变硬的壁虎。

"为什么会在那样的花里面呢?大概是本来抓着天花板的壁虎掉下来了。可是,简直就像被花吸取了精气一样。"

"唔。"

我把那东西拿到手里,凝神注视一番,不由得说:"什么,这没关系。"

竹之花

我遇见了从火车上下来的和尚。这是个午后，下着雾一样的细雨，我交过稿件后正在去车站的路上。

"你这是回寺里？"

"之前在御山有点事。"

我并无缘故地随他走了起来。和尚在途中问了句："如何？"我说："好呀。"说的是围棋。我走过自己家，往和尚的山寺那边去。当我们越过水渠走上平缓的坡道时，雨雾逐渐开始洋洋洒洒，变成了雾。前方完全看不见。早已习惯了路途的和尚也用手杖探寻着脚边。

"应该已经到山门附近了。"

从我们上坡之后已经走了好一程。当我注意到时，雾散开了些，竹林逼仄地生在路的两边。到和尚寺庙的山路周围有这样的地方吗？

"这个家伙，"和尚停步站住，自语道，"和从前被狸猫迷惑的过程完全一样呢。"

"那是什么时候？"我不觉大声说道，像在悲鸣。

这时，有一盏手提油灯从竹林那头趋近前来。油灯在雾气里朦胧地发着光，等它够近时，我看出那似乎是个头上包着手巾的女人。她的左右被竹子所阻，看起来走得艰难。她垂着眼，脸容分辨不清。等女人站定了，她以细弱却意外沉静的声音说："我是来接您的。"

"喂，这家伙是狐狸哟。怪不得和狸猫那时的情趣不太一样。挺高级。"和尚在我耳边悄声说道。

"刚才你不是说和狸猫那时完全一样吗？"

"呵呵，不，所谓人世，真是有趣的玩意儿。"和尚确实有漫不经心的时候。可今天他这癖性似乎颇重。狐狸女率先迈步。和尚也跟了上去。我没办法，只好也跟上。

我们是何时走进了这样的竹林之中的呢？雾逼向我们，仿佛是会动的墙壁，狐狸女拨开从左右汹涌袭来的竹枝，向前走去。

我们这样走了不知多久，等意识到时，已经出了竹林，走到眼熟的山路上。

这时，狐狸女忽然转向这边，对和尚大喝一声："请回吧！"

和尚不同以往，浮现出奇妙的屈从的笑容，转眼间便像烟一样消失了。附近的草丛中传来巨大的声响。我原来是被狐狸给迷了。我刚流露出这神情，狐狸女沉静地说："那是狸猫。"

我被她的气势所慑，嗫嚅着说："它说自己是从山上回来。"

"是一乘寺的狸谷不动山。大概那里有集会吧。"

"它想迷惑我？"

"大概是想稍稍捉弄您一下吧。不过，到了这里，险些被更厉害的东西迷了去。"

"那是……"

"竹之花。据说六十年开放一次的竹之花，眼下正在这处山寺周围盛开。请小心。真正的和尚的寺庙在前面，走，我们去吧。"

狐狸，不，大概是和尚派来的女人把我带到寺庙的山门前。在山门旁遇到了和尚。

"你居然能找来。"和尚高声说道。

"嗯，有点周折。狐狸啦竹之花啦。"

"啊，是这缘故吧。今天早上也有一位施主说要来，所以我候着，却一直不见人。"

"那不是出大事了吗？你该多派人手啊。"

"什么呀。等到了明天，那人便会一脸不好意思地过来，说自己去了辉夜姬①的府上。"

这样啊。那么，就算被迷惑，也许也挺不错。

"我觉得有点遗憾。是你派来接我的人太早了？"

说罢，我心想太失敬了，慌忙看向女人的位置。可女人不在那里。

"接你？我不晓得有那样的人。首先，我可不知道你要来。"

我不明就里，姑且进到寺里与和尚下棋。然而手不顺，我输了。到了回去的时分，想到还要走下山路就有些担心，若是被竹之花迷惑便让人期待，若是狸猫则让人胸闷，正当

---

① 辉夜姬的传说源自《竹取物语》。有位老翁在竹林中见到发光的竹子，剖开后，里面有一个女婴，老翁夫妇将其抚养长大，这个女孩便是辉夜姬。在她长大后，她向前来求婚的五个贵族子弟出了寻宝的难题，并拒绝了天皇的求婚。最后，辉夜姬在气急败坏的求婚者们眼前升上了天。

我的心情摇摆不定的时候——

"喂，五郎来接你了。是谁点拨的啊。"和尚看着庭院自语道。我看过去，确是五郎满脸聪明相地坐着。

"是你啊，五郎。"

我一打招呼，它就站起来摇晃尾巴。我没有办法，只得向和尚告别，毫无阻滞地平安下了山，回到家中。

我在厨房煮了茶，把从和尚那里得来的供品馒头分给五郎，在游廊吃着。忽然，我注意到百日红的模样有点异常。

我走近前去，仔细打量。哎呀，她被竹枝和像是竹之花的白色花朵缠满了全身，简直像在和竹丛打斗一般。

呵，我思忖着，装出若无其事的表情。

白玉兰

过午之后,外面突然变暗了。紧接着,"噼噼啪啪沙沙沙"的动静之间,开始下起了雨。不仅如此,雷声也开始响起。在远空中轰隆隆的时候倒也罢了,强烈的闪光划过,随即倏地响起了"啪啪啪"的粗暴声响,差不多要撕裂耳膜。想到雷万一打到百日红,我慌忙跑到游廊,发现百日红平安无事。雷声仍在隆隆地行进,不过似乎稍稍远去了。

傍晚,我来到雨后的庭院,注意到木制院门旁朝着街道挺立的白玉兰树上缀了一朵孤零零的花苞。这可不是开花的季节。不可思议的事也是有的。虽不是季节的风情,但花苞在傍晚的暮色中白而朦胧地发亮,那模样仿佛是三月三女儿节的纸灯,让我痴看了片刻。

第二天,玄关传来一声"打扰了",我走出去,原来是上次的蛇贩子。

"呀,上次不好意思。"

"我可没捉蛇。"我慌忙说。我感到不安,难道自己不觉间和蛇贩子订了约吗?蛇贩子闭了眼,嘴巴往下一抿,皱着眉微微摇头。那样子像是在说,那件事就不提了。

"昨天,在这附近落了雷吧。"

"雷的声音倒是挺大,奇怪的是好像没在这一带。"

"不对,是掉在这儿了,"他的口气忽然变得粗暴,"掉在院子里的白玉兰树上。结果怀孕了。"

"怀孕?怎么回事?"

"这可没法说清。白玉兰怀了龙的私生子。"

"难道说,是那个……"

"那花苞就是。"蛇贩子点点头。他浑浊的眼白像是突然充了血,有些恐怖。

但我意识到不能被他看出心怯,便强硬地说:"我没打算卖。"

"老爷,"蛇贩子像在说他早已看穿了我的内心深处,哄孩子般压低嗓音说道,"等我告诉您龙的私生子值多少,您的想法也就会改变吧。"说着,他低声道出一个数字。

坦白地说,我惊得魂飞魄散。然而,正因为那数字超乎我平时接触的范畴,反而没有涌出实感,使我得以保持镇定。

"你把我看扁成没有节操的男人,会为了钱改主意?真让人不快。你回去吧。"

仿佛被我的愤慨带动,院子里的五郎窜过来,冲着男人吼叫。男人看起来怕狗,脸色苍白地走了。

"好,五郎,干得不错。听好了,就算到了晚上,要是那个男的来了,你也要冲他叫。你从今晚开始在白玉兰下面睡。我给你造个看守小屋。"

我从檐下取来木条,造了个仓促的小屋,放在玉兰树下。我听见路过的邻家太太欢喜道:"哎呀,五郎,你搬家了?挺好的住处。出息了呢。"

这话倒是真的。五郎出于天性,向来会切实地确保自己的栖居地。

夜里,我听到五郎叫了一次。半梦半醒间,我想:是那家伙来了吗?但由于困,我决定交给五郎。我在天亮后去看过,花蕾维持着老样子。

"做得好,五郎。"我用双手胡乱地"嚓嚓"摩挲它的脖子,表扬道。五郎露出满足之色。

那之后的几天里,花蕾逐渐变大了。在我觉得第二天就快要开花的那天，天色未明时，挂轴内开始传出波涛声，随着喀拉喀拉的声响，高堂的船头忽然搁浅在壁龛上。我自然还在被窝里，却因为这场骚乱彻底醒了。

"你这个乱七八糟的家伙，不要这么蛮干。壁龛给蹭坏了吧。"

"抱歉抱歉，我以为容易，乱了分寸。"高堂带着若无其事的神情出现了，口吻完全不像道歉。"今天是雷孵化的日子吧。我过来见识一下。"

接着，他冒冒失失地穿过客厅，走到能看见外面的游廊边上："哎呀，五郎，这不是给你造了个挺好的小屋嘛。干得不错。"

五郎感觉到高堂的存在，立即走近，"汪"地回答了一声。我曾经声称自己不会养五郎，还说我可不要给它造狗屋什么的，到如今，高堂抓住了我的话柄。真是个执念深重的男人。我感到无趣，把被子整好，打算重新入睡。

"喂，你来啊。不一起见识一下？"高堂喊道。

"唉，真是的，没办法。"我一脚踢开被子，踩着重重的步子到高堂身旁落座。

外面逐渐转亮，看样子是个晴天。总觉得五郎也在以期待的眼神盯着玉兰的花蕾。突然响起仿佛要撕裂空气的尖锐的干雷声,几乎在同时,一道白色的闪光飞过,玉兰的花瓣"刷"地落地。纤细的白蛇模样的小龙——若说为什么看成是龙,那是因为能看到它的头上有小角——发出"咻"的一声,只见它朝天空飞了上去。

我大张着嘴,不觉赤着脚走到院子一角,目光追随其后。龙闪亮如白银,变成仅仅一线的光,消失在天空的那头。

"孵出来了。"

"唉,它回去了。"

高堂和我都久久地凝视着天空。

"是白龙。"

"嗯,是白龙。"五郎一动不动地注视着散落在地上的白色花瓣。

木 槿

寒蝉不间断的狂热如今也远去了，仅存的蝉声有时仿佛筋疲力尽，有时则倏然响起，仿佛在耳畔敲响铜锣，却也平平收场。我怀着谈不上焦虑和惆怅的心境想：噢，今年的夏天也将这样毫无变化地过去了。大抵只要是住在日本，并经历过这里的几个夏天的人，没有不对寒蝉鸣声的衰退产生感慨的吧。我之所以对此有格外切实的感觉，是因为收到去了土耳其的友人村田的来信，并听说在彼地没有寒蝉的鸣叫。

几年前发生过一起悲惨的事件，载有来自土耳其使者的军舰"埃尔图鲁尔"号[①]在回国途中于和歌山海面遭遇台风，六百五十名船员中五百八十七名溺水身亡。同时，从地方警察到渔民的救助行为确实是奋不顾身，土耳其苏丹对此心怀

---

① 1890年，木造军舰"埃尔图鲁尔"号在和歌山县串本町海上沉没。

感激，为进一步深化两国的友谊，招聘了一名日本考古学者到彼地去做土耳其文化研究。在这一背景下，我的朋友村田被选中了。既然难得见识一番罕能前往的异国的风物，你要勤写日记，积攒起来后立即送到这边。我这样反复地耐心叮嘱，送走了他。但我并不认为那个男人有那般澄澈的文笔，反正发表时我得帮他润色一下吧。我想好了，到时要献绵薄之力，使其尽善尽美。

在庭院东北部高出一截的角落有一处引水口，水渠的水在那里形成小河流入池塘。只有小河两边蓬蓬地种着些植物，略微高耸也常晒到太阳的那一角几乎是个光头，样子像座荒芜的砂山。以村田的来信为契机，我立即把那一处命名为土耳其。村田所在的地方似乎是充满绿色且颇具规模的都市。他说，日本人一听到土耳其就联想到沙漠是错误的。可我以为，作为我对彼地的一缕情思的表示，这是个风雅的命名。每当视线落在那块地方，我便怀念起在异国的友人村田。

在我那土耳其之丘的近前方有一个矮矮的灯笼，它的旁边有棵木槿树。灯笼不影响我感怀彼地。据说土耳其曾兴起遗址的发掘，石造的灯笼也不是不能看作趋于风化的石柱。不过，土耳其有木槿吗？我对此很不确定，但既然村田写了树木皆绿，花总是开的吧。在花当中，也决不能说没有与木槿相似的吧。我这样说服自己。若有可能，我希望五郎也在经过那一处时稍微扮出羊的情调，但纵然是五郎，其能力也有极限，因此我没提这要求。

据村田所说，彼地耸立的清真寺多是从前的基督教会。说是在奥斯曼土耳其征服彼地的时候，把有着壮丽内观的基督教风格的马赛克全部涂上了灰泥。若是允许剥掉这些灰泥——据说是村田如今惟一的期待。我也感到同情，觉得被灰泥掩盖的圣母或基督令人心酸。

大约因为我手持信件想了一会儿这些事，当我抬眼看向我那土耳其之丘时，只见一个从头顶到眼睛遮蔽着白色面纱的女人正以忧郁的姿态久久地伫立着。不会吧。她不可能因为感应到我的心思而突然从彼地降临到这里。我半信半疑地探身看去。然而又惮于露骨地观望，我不觉移开了视线。我战战兢兢地再看了一次，果然，不论怎么看都是人的模样，而且像是神圣的那一位。

由于残暑，我的脑袋从早上开始便像煮干了的寒天[①]，这

[①] 用海藻做的果冻状食品，多用于日式点心和寺院的斋饭。

时脑海中倏地漾起一阵恐慌。怎么办才好呢?

我从眼角瞥见,五郎毕恭毕敬地坐着,正仰望着那个女人。果然五郎也能看见。

怎么办才好呢?我并没有这等信仰,纵然靠近来(该说降临吗?),我不也毫无办法吗?或者大约是在此命我走上信仰之道?

我闷闷不乐,打算转身逃到玄关那边。总之先去和山寺的和尚商量一番,他一定能给出我不具备的有用智慧吧。不,等一下。既然是和尚,他一定会兴致勃勃地说,这是了不得的事,乃是有缘,你且入教吧。

就在我站在玄关门口苦苦思索的时候,眼前,从院子那边走出来的五郎哼着歌——这样说有点夸张,但它确是以那般无忧无虑的状态——出去散步。喂,摆出这么悠然的模样,真是的,那一位不会降罪吗?我不假思索地几乎想揪住它的背影这样问道,一转念,我决定先从院子边上悄悄瞅一眼土耳其之丘。

刚才仿佛站了那一位的地方,此刻惟有开着白花的木槿耸立着。我难道把花给看错了?不,之前确实是人的模样,双手合拢着。我慌忙返回家中,打算从刚才的角度再确认一次。

结果高堂不知何时已经在客厅里。他坐在走廊的藤椅上。我以抓住救命稻草的心境问道:"喂,高堂。不好了,出大事了。"

"我知道。来客人了,对吧?"高堂毫不同情慌里慌张的我,说了一句。他那若无其事的神色仿佛在说世界尽在他的掌握中,让人有点生气。

"你怎么知道的?不,你应该也知道吧,村田如今去了土耳其。然后他在信里写那边被封印的圣母的事,我一读,不觉对那一位产生了同情,是因为我想多了才会看到吗?"

"可以这么说吧,虽不中亦不远矣。如何,现在能看见吗?"

哦,对了,我是为了确认而来的,我急忙向土耳其之丘看去。那形象比刚才大为浅淡模糊了,尽管和花混在一起,却仍然残留着像是人的轮廓。

"刚才更清晰来着。"

"大概是吧。每年如此,很快就会全部消失。是在木槿盛开的时候,借了木槿的力量呈现出来的。像是季节性的海市蜃楼。木槿旁边有个小灯笼,对吧?"

"对。"

"那是因为被埋着,所以才那么点高。埋在土里的部分雕着地藏菩萨。不过,那尊地藏菩萨实际上模仿了玛利亚的形象,因此也叫作玛利亚灯笼。原本作为织部喜好[①]的灯笼在茶人中推广开去,但它埋了一部分,看来也曾用于地下基督徒的礼拜。"

我哑然,接着急促地说:"那么,把它挖出来吧,高堂,难道不把它挖出来弄干净吗?"

高堂仿佛索然地说:"你怎么这么单纯啊。我当时——头一回看到那个现象时,虽然还年幼,但经在旁的叔父一说,我就理解了。他说,所谓信仰,是埋藏在人的内心深处的东西,正因为如此,才是像那样深切美好地浮现出来的存在。当然了,大概也意味着饱经风雪、坚忍不拔的信仰,而这一个正是这样的形态。仅仅胡乱挖出来,使其曝于人的眼目,无论何时都绝非上策,何况如今住在这里的我们信仰不同的宗教。即便挖到外面,也只是被好奇的眼睛所注视吧。

[①] 织部指的是曾任从五位下织部正的古田重然(1554—1615),他继承了千利休的茶道,并演化出大胆而风格自由的"织部喜好"这一风格,强调破调之美。

那样一来,不过是让信仰最重要的纯粹的部分陷入危险,不是吗?"

经他用沉稳的声音一说,我感到自己的急性子是浅薄的玩意儿。好,我要把这话原封不动地写给村田。就说圣母或基督被涂抹封闭在灰泥之下,也许是出乎意料地被守护着呢。

正当我为自己的念头暗自感到愉悦——

"看,绵贯,正在消失呢,缥缈又美丽啊。明年一定又会出现的。"

高堂依旧坐在藤椅上,以遥远的眼神久久地凝视着木槿。

带着热意而莫名惆怅的风吹了过来。我意识到,只要到了傍晚,晚夏与夏天果然有所不同。

沙　参

　　河童似乎逗留了两三天，五郎又把它送到了朽木村去。

　　"河童有种熟不拘礼的性情，所以得先和五郎说一声，别太深入交往。这一次像是故意来的。"邻家女主人以忧心忡忡的眼神忠告说。

　　五郎大概也认得路了，因此我倒不至于担心它的回程。可河童来得太频繁，毕竟让人感到不正常。损坏了取水口也让人困扰。

　　我问太太该怎么办好，于是她说："呀……封印蜈蚣的符纸在那边的毗沙门[①]有卖，但没有封印河童的呢。知道了，我会查一下。"

[①] 根据传说，蜈蚣是毗沙门天的手下，所以供奉有毗沙门天的寺庙有售封印蜈蚣的符纸。

我把河童一事交托给太太，带着紧急的稿件去了车站。办完了事，我感到轻快。车站南边是旧东海道①，因此排列着有点年头的茶叶铺和江米团店。过去似乎还有许多客栈，如今外观是客栈的建筑物也仅剩了栏杆，隔扇在门脸宽敞的檐下关得严丝合缝，静悄悄的，也看不出昔日的风貌。

吹来的风里夹杂了一缕寒意。到了被称作初秋的季节。天高，云薄。凉凉的铃声叮当传来，大概是某处檐下吊着的夏日余痕的风铃吧。

突然，一户二楼隔扇敞开的人家映入眼帘。从一楼的模样看，让人以为这也是歇业的客栈中的一间，栏杆上却倚着年轻姑娘。不是一个两个，竟有六个人。她们朝这边露出格调不俗且乖巧的却是不怕生的笑容。我也不是十分清楚，但若是那一类的买卖，肯定会有更为热烈的娇声，不是吗？而她们光是静静地微笑，宛如不怕生的巫女（如果有这种存在的话）般朝我笑着。或许是有什么事找我吧。可她们绝非衣冠不整，究竟是怎样的一群人呢？

我当场怔了怔，仰着脑袋张开嘴巴久久地站着，这模样

---

① 从东京日本桥到京都三条大桥的道路，连接东日本和西日本。

看来实在傻愣愣的吧。有人擦肩而过时对我说了声:"您不舒服吗?"我一看,那是肉铺的老板。他是个在年轻时候就具有先见之明的人物,乘着文明开化的浪潮飞快地开了肉铺。

"不,我总以为这一带的客栈都歇业了,却发现也有留下来的……"

我用目光示意姑娘们所在的栏杆。然而,那里严严实实地关着门。她们是讨厌我拿她们作为和路人的话题,才在一瞬间关了门吧。

"那里是最早关掉的客栈。"肉铺老板冷冰冰地说道。

我有种相当窘迫的感觉。肉铺老板或许也感到自己的口吻实在不亲切:"今天有管弦的集会,在那前头的宿神① 的庙。"

"哦。"

"最早是琵琶法师② 的集会,然后像是变成了爱好琴、尺八等乐器的盲人的节日,也有好些年没举行了,就在今天。"

"这是节日?"

"有个叫人康亲王的,仁明天皇的第四个皇子,他生来眼

---

① 指守护杂耍艺人和手工匠人的神,又名为"守宫神"。
② 以琵琶伴奏的盲人说唱者,作僧人打扮。

睛有问题——不，不是蝉丸①——他的那座小陵墓直到我小时候都有祭祀，告慰那些以平家为首、不曾得到祭祀的魂灵。说是今天又要举行祭祀，我忍不住有些怀念，所以抽了生意的空当来了。"

"啊，原来如此。"

肉铺老板打了声招呼，说"那么请下次再来店里"，便离去了。

如此说来，我从刚才就听到有铃声传来，那或许是琵琶法师的手杖上缀着的铃铛，或者仅仅是管弦曲中的某个声音响起并抵达耳畔。

在回去的一路上，那声音宛如一缕混在初秋的风里的凉意，响起复消散，消散复响起，仿佛漂浮在高空之中。

回到家门前，我大吃一惊。

刚才的六名姑娘从我家二楼的栏杆上笑嘻嘻地看着这边。

我慌忙进屋，直接上到二楼，可那儿没有任何人。我把角角落落兜了一圈，却不见有人待过的形迹。我从姑娘们待

---

① 平安时代的歌人，音乐家。对其身份有各种假说，其一是醍醐天皇的四皇子，也有人说他是仁明天皇时代的人。

过的栏杆前朝下望去，果然看见她们出了玄关，快活地旋转着身子，排成一列朝院子的方向走去。

自然，我宛如脱兔般下楼来到院子里，可那儿已经没了人。远远的空中又有铃声传来。我倏然想到，这声音就像是秋天越来越清远一般。

我迈着找东西的人的步伐，从百日红旁边走到土耳其之丘的位置。

然后，我在土耳其之丘最高的地方找到了，沙参笔直地伸展着茎，结了六朵淡蓝的吊钟形状的花。

我完全懂了，啊，那铃声凝缩在这儿呢。

野 菰

　　走在水渠边上，芒草的穗子开始挺立，能感到空气的质地和夏天大为不同，虫声也愈发嘈杂起来。季节的营生如此规矩，有时让人感到是这世上惟一值得信赖的存在。
　　不过今天风势强劲。从河流下游吹来一阵强风，转瞬间，满山的树木便飒飒地翻动叶子，露出叶片白色的背面。我不觉停步，被吸引了视线。山仿佛在炫耀自己。这模样让人不快，因此我喃喃地说了声"第二百一十天"①。紧接着，一个戴着鸭舌帽的男人从对岸的灌木丛中出现，盯着这边看。当时没看清，直到那个男人过了桥和我擦肩而过，我终于认出他是蛇贩子。那个时刻，那个男人的块头显得相当大。以山为背景，他高大得让人毛骨悚然。于是我毫无来由地不安起来。

---

① 从立春起算第210天（约在9月1日左右，常有台风，被视为厄日）。

擦肩而过是一瞬间的事。我觉得他认出了我。证据是，他确实在帽檐的阴影里一笑。可他一言未发。

就这么点事，我却感觉到奇妙的不安，这是怎么回事呢？我当然以为他会打招呼。可是没有招呼。是这个令我气愤吗？仔细想来，我不记得为他做过什么，用不着期待他问候我。我隐约看不起蛇贩子，认为他是个精于算计的男人。我大概是困惑吧，仿佛自己的这种傲慢遭到那个男人用无礼作为反驳。

在无礼这一点上彼此彼此，这没什么。可我惦记的是擦肩而过时感到的那种奇妙的不安。这惦记一直纠缠不放。

脚下不时吹过仿佛使绊子一样的强风。我朝和尚的山寺走去。抵达坡道顶端时，和尚正在关门。

"你竟然在这样的日子来啊。"

"第二百一十天？"

"是第二百一十天。通往敦贺的半道上的神社在举行镇风的祭典。因此这几天风虫涌了出来，我想着差不多要来了，果然起了这阵风。"

"所谓的风虫，是不是脚特别长，比苍蝇身子更细……我家的院子昨天也格外嗡嗡响。"

"就是这个。它们预见到风,一齐涌出来。"

"然后呢?"

"乘上风。"

"去神社?"

"不晓得。不过到神社的时候已经没了实体。"

一旦与和尚交谈,就逐渐成了禅问答。本来,虫乘了风,若去花园倒也罢了,却是去神社,对于多少学过自然科学的人,这类想法压根儿无从生起。可我们和尚的非凡不仅限于此。

"大气这样喧闹,会有各种东西出来。也要好好瞧一瞧你那儿的百日红。"

我不记得连百日红也对和尚说过。这就是所谓的眼力吧。我大为敬服,慌忙辞了寺院。

回去的一路上,我牵挂着五郎。反正它多半是在某处风景名胜悠然开小差,但这样的天气,它会不会不安呢?说到不安,我又想起刚才蛇贩子的那件事。想来,作为人,在维持生计的手段、懂得活下去的法子等方面,我远不如蛇贩子。仅仅作为个体的人与他相对的时候,几乎可以说我低他一等。而我迄今为止之所以能够对他毫无顾忌,完全是因为我以那个家为背景面对他吧。在所谓"有家"的状态下,我能和他平等对话,像这样一离开家,我就感到不安,偶尔和他碰上了,就被他的气势压倒,不是吗?也就是说,离开家的我不就像被去掉壳的蜗牛、被剥掉蓑的蓑蛾吗?

这个推论影响了我的心情。

我停止思考,急忙回到家,从床底下拿出一根长棍子和一卷绳子,打算用撑棍支撑住百日红的主干。要是风雨变强,她什么时候想进客厅就麻烦了。百日红仿佛显得有些困惑。

到了晚上,风雨变得愈加猛烈。我点上煤油灯。电灯在这样暴戾的夜晚全不顶事。就算不是这种天气,平时也不能缺了煤油灯和蜡烛的辅助。电灯之类没法拿在手里确认的东西,果然还是不足以信任。对了,就像这样,我本来是个非常现实的人。来到这个家,和高堂说起话之后,我不知怎的渐渐变得奇怪……

我隐约感到,这番思考其实是我遭遇蛇贩子的余波,无非是自我厌恶的心情迁怒般地扩散开去,而结果进一步深化了自我厌恶。这样的情形就叫作恶性循环。明知如此却无法停止,就叫作自虐。

"你被烦恼的虫子缠住了①。"

我甚至没注意到高堂不知何时来了。我点点头:"正烦着呢,为自己的待人接物。"

"大气这样喧扰,会有各种东西出来。"

这和白天和尚所说的完全一样,我不由得一惊:"你指的是会有什么出来?"

"你自己清楚吧?"

被他这么一说,我感到似乎了然。

"我今晚为你待久些。"高堂说得仿佛以恩人自居。

他走到游廊上,窸窸窣窣地弄了什么,又很快回来。

"有只风虫夹在门缝里动弹不了。我刚把它放到外面了。"

这事这么重要吗?可我突然困了,就这样到了早上,连高堂回去了也没意识到。

到了早上,我到院里一看,天空澄澈,风也歇了。我注意到,野菰没有水分的貌似枯萎的花朵出现在芒草的根部。这花是芒草的寄生植物,但有种不可思议的出尘之感,我喜欢。

今天早上出现了野菰,我感到欣喜。

---

① 按惯例,应意译为"你在闷闷不乐啊",此处因为涉及虫,故采用直译。

红　叶

　　台风的第二天,一看水渠,只见好几群香鱼令人惊讶地紧贴着河面,看上去与其说是在朝着某处游去,更像单单是在拧动身子相互嬉戏逐流。的确涨水了。是不是设在湖上的鱼栅坏了呢?

　　由于这景色太罕见,如果可能,我想大声地告知近邻。平时在这一带目睹过有人垂钓的光景,但看起来没什么相当的成果。偏偏在这时候一个人也没有。

　　香鱼群看上去浮着好几团,那儿一堆,这儿一堆。

　　我诧异着回了家,在门前碰上了五郎。五郎高兴地摇着尾巴,模样则成了野狗,憔悴了。昨晚的风雨相当够受的吧。

　　"你没忘记我,回来了啊?"我差点说你没扔下我,慌忙换了个说法,又挠了挠头。我从厨房拿了一只鸡蛋,打在盘子里给它，以此庆祝它回家。五郎几乎连气也没换，一瞬间就舔干净了。随后它像是检查自己不在家期间的情况，在地皮之内呼哧呼哧地边嗅边走。它转到池塘那边，忽然扭头叫了一声。大概是在说，拜托来看一下。被它一叫，我赶紧走去，见状大吃一惊。香鱼在探出池塘的石头上撑着胳膊，上半身是女人。我不觉喊出了声，鱼像是着了慌，下半身往下一滑，跃入池中。我跑上前跪下，看向池中。

它在游。

它长长的头发披下来盖住了上半身，双手放在身体两侧，看起来不那么明显。它微微蜷着身体，敏捷地游着，宛如香鱼一般。

这个池塘是从取水口引入水渠的水，由下方的出水口流出，夏天流往农用水渠，秋冬则流往当地的河流。在出水口上罩着网，如此一来，进入池中的东西就会被拦下，因此无需担心东西会从这里往前流去。

怎么回事呢？

我留下仿佛在担心的五郎，进了屋。我一筹莫展了片刻，忽然想道：对了，得小心白鹭。要不要像鱼塘那样在池塘上罩上网？这样为好。

既然这样,必须尽快弄张网。我站起身,打算姑且先到玄关外。我并没有明确的去处。就在这时,学弟山内来了。是了,他是来取随笔的稿子,为西阵织物业界发行给客户的月刊写的。这是他花了力气为我弄来的工作。不过呢,最后的关键还没完成。我在他开口之前说:"咦,这不是山内君吗?来得正好,你有没有网子?"

"你好像正忙啊。什么网子,是要烤鱼?"

我感到想吐。

"不烤鱼。"

"年糕的话,眼下这季节有点早。"

"既不烤鱼也不烤年糕。我想拉张网,不让白鹭加害于池塘里的鱼。"

"啊,那种网。"山内是个发自内心的好人,因此(看上去)他连原本的来意也忘了,认真地思考起来。"对了,拜托网球部,借用旧的球网怎么样?"

"球网?会不会尺幅窄了?"

"错开折起来,把重叠部分绑起来的话,好歹能盖住池塘吧。"

"可再怎么旧,一间聚集了穷学生的学校不会就这样轻易出借的。"

"这个嘛，最近子爵的公子入读，那地方抖起来了。"

"为什么那样的家伙会去那儿？"

"谁知道。那人不笨，这倒是真的。"

"唔。"

没有钱，却只有气概满满，这是我们的共同点。这样的情形下，得知那个子爵的什么人在头脑方面也遥遥凌驾于我等之上，结果只能是没了面子。

"办同学会有时要借球网，到时候我去说吧。"

"不，这可就太晚了。得尽早，拜托你了。你能现在就去谈吗？"我起劲地恳求道。就连山内也觉察到了什么吧。

"我知道了。那我马上就去，请你在这期间把稿子写好放着，就作为给你球网的条件吧。"

哦，他可真是个出色的社会人士，我半是感动半是焦灼。我绷着脸点点头，目送连茶也没喝就沿着来路匆匆返回的山内，随即上了二楼的书房。

这篇稿子的要求仅仅是清晰地打造出季节感，似乎很容易，却怎么也没弄好。

我正面对稿纸念念有词，一个声音从后面传来。

"什么,你在为这样的稿子犯愁啊。"

是高堂。因为突如其来,我一惊,不觉喊了一声站起身。

"没有比现在更容易写季节的时期了吧。入秋时节。"

"没这么简单。要是写现在,杂志刊出的时候就已经过季。必须考虑着往后来写。这样就怎么也上不来真情实感。"

"对你这样直愣愣的家伙来说,大概挺难。"他简单地理解了,我感到不快。

"季节推移之类和你可是没关系吧。"

"大有关系。昨晚刮过大风,湖的禊祭① 结束了,因此龙田姬② 前往竹生岛③ 的浅井姬殿下那边去作秋天的拜访。当时的队伍有一部分打乱了。一名侍女下落不明。"

"龙田姬是渡过琵琶湖前往竹生岛吗?"

"越过禊祭之后澄澈的空气。队伍投在湖水的影子附在香鱼的身上。"

"这队伍乱了?"

---

① 春秋两季在水边举行祭礼以祛除不祥。中国古代亦有此风俗。
② 龙田姬是日本的秋之神。龙田山以红叶著称。
③ 琵琶湖中的岛屿。该岛在现代并不以红叶闻名,事实上秋天全岛叶色染红,值得一观。

"群山的红叶开始泛红,红叶落在河里,被吹拢到湖的正中央,嗜吃这个的红叶鲫鱼在湖的北面从礁石深处出现。这次是因为红叶鲫鱼撞上龙田姬前往竹生岛的参拜,造成了一些混乱。龙田姬往年会在拜访之后到坂本的日吉神社①,侍女们则从香鱼换乘猴子翻过睿山,然后朝吉野进发,但今年为了这名侍女而在竹生岛停步。"

我感到像是明白了,又仿佛不明白。为什么高堂要为这事奔走呢?他是不忍看那位浅井姬为客人担忧吗?

"浅井姬殿下是什么人?"

"是镇守这湖水的女神。"

"和你很熟?"

或许是我的问题添了奇异的热情,高堂转过脸。

"我见过殿下。只是,我们住在不同的世界,没理由相熟。"

"就这样?"

"就这样。"

---

① 日吉神社在竹生岛的西南方位,该神社以猴子作为神的使者。文中龙田姬的"移动"似乎也可看作是红叶的转换一路往南推进的过程。日吉神社以及下文中的奈良都是著名的红叶观光地。

我打算下次好好问他浅井姬的事。

"所以，你在四处找那名侍女？"

"我早就找到了。"高堂看我一眼，叹息道。

"龙田姬的队伍将在今晚月亮出来的时候启程。你帮我转告，要是赶不上，那之后可就不好说了。"他扔下这话，走下楼梯。

龙田姬吗？想到这里，我有种拾获意外之物的感觉，写了稿子的后续。

葛

黑色的小虫在手腕周遭爬动，停在手肘的附近。刚以为它就这样待着，虫子却变成了痣，擦也擦不掉。可到方才为止它确实是虫。谁都不会注意到我胳膊上的小痣，但这仍是件不可思议的事。因为是些微小事，我便摆出豁然之态，心想：唉，算了吧。然而我忽然在意起来，琢磨着，要到怎样一个不可思议的限度，人能够这样放任不管呢。

不过，唉，算了吧。只需记录下映入眼帘之事。

稿子采取了寓言般的结尾，龙田姬收起了绫罗锦缎的晚秋的衣裳。就在我写完的时候，山内呼哧呼哧地抬着球网回来了。说是网球部的房间没人，所以他只留了封信，就不声不响地把网拿来了。

"反正只是搁在那儿，保管在这里也没关系吧。他们知道在哪儿,所以要用的时候会来说一声的吧。"

真豪爽。

"呀,原来有香鱼。"

那条女人香鱼在遮蔽池水的款冬的浓密阴影里休憩,看不真切。

"那个呀,像是人鱼。"

"看起来也像。"山内瞥了一眼,便毫不在意地继续忙活。想到我发现她时的狼狈,自己的小心翼翼几乎可厌。山内可能比我认为的更是个人物。

由于没有合适的绳子,便用从后山采来的葛藤将球网重叠的部分捆上。我们在池塘周围竖起细竹棍,把网眼挂在竹棍上,完全遮蔽了池塘。

"这里是高堂学长的父母家吧。"山内在游廊坐下,喝了自己带来的冷糖水[①]。

"嗯,他不时过来呢。刚才也来了。"

"这样啊。毕竟这儿从湖里引了水。我也想见见他。前辈

[①] 日本的传统饮品,将麦芽糖浆用热水融化,还可用姜汁等添加风味。

明明是在荻之滨①划船，小艇却是在竹生岛附近找到的。我琢磨着怎么就到那里去了呢。"

"这么一说，倒也是。"

我也喝了山内请客的冷糖水。那时候大家一起使劲找，都找到对岸了。可最终没发现活着的高堂。

"你知道吗，竹生岛一带，湖的水位相当深，据说湖底的水是源自冰河时期的。还有，沉没的尸体不会浮起来，会被保存着，永不腐烂，维持着沉没时的青春。"

"啊，我知道。我们不是一起听说的吗？"

那是当地的渔民说的。就像在说什么给人鼓劲的安慰话。

"是被湖给迷住了吧。学长是被湖给带走了吧。"

"谁知道，可能这两件事同时发生了。他提到过浅井姬什么的。"

"唔，"山内的眼睛闪过险恶的光，"这件事，请你写下来。"

我差点没拿稳冷糖水。

---

① 荻之滨在琵琶湖以西，竹生岛在湖的北端。从荻之滨到竹生岛的距离接近琵琶湖纵长的一半。

"你说的这件事,是指高堂的事?"

"对。高堂学长的事,人鱼的事,等等。"

这样的情形能成为小说?我吃不准,有些不知所措。

"我不喜欢把日常生活就这样写下来作为文学。"

"没什么喜不喜欢的吧,你打算就这样没写出了不起的杰作而度过一生?"

真是个毅然决然的家伙。

"何况我也想更多地了解高堂学长。"山内略微低下头,轻声嘟囔。说起来,这家伙以前就是高堂的拥趸。

"等等,我要先征得他本人的同意。要是他变成幽灵跑出来,那也很麻烦……不对,是已经跑出来了吧。"

"得了吧。学长一定会觉得有意思的。"山内自信地一笑,回去了。

周遭突如其来地安静下来。五郎或许去了隔壁,不见踪影。我在客厅骨碌一下躺倒。

写高堂——不,这要在更久以后,如今还写不了。不过也可以先写下备忘录一类的文字吧。我想定之后,上了二楼。

靠近窗口,就能碰到百日红长长地伸展着的梢头。高堂刚刚离开时说了句什么,我想不起来了。

我从上往下看，整个池面盖着网，像个被捕获的人。这样一来，人鱼也没法在石头上舒展了吧。要把网再放高一些。想到这里，我又下楼来到院子。暮色不知何时逼近了。池塘上"嘣"地响了一声。

人鱼把脑袋抬出水面，探出胳膊，指着融入黄昏的一点俏艳的紫红色荫翳。我仔细看去，那是葛花。看起来，是山内把即将绽放的花穗留在了当绳子的葛藤上。

我从网的上方伸出手，摘下最早开放的那朵花，扔进池里。紫红的荫翳漂浮在如镜的水面上。

胡枝子

"你知道天女的羽衣吗?"

临睡时,枕边突然响起了说话声,我不由得跳起来。是高堂。尽管知道是他,仍然没法习惯。

"别吓我。给点先兆什么的。"我认真地恳求道。

"你是让我打招呼说声'喂——'?应该一样会吓到你吧,我可没这等工夫,先说天女的羽衣。"

"我知道。渔夫藏了天女的羽衣,娶她为妻,是这个故事吧。"

"那故事发生在琵琶湖北端再往北的小湖。"

"这么近?若说那个湖,我知道。"

"那个故事的主旨是对男人的占有欲的劝诫。"他难得用了迂回的讲法。

"那怎么了?"

"你打算把那人鱼怎样？"

我完全没想过。然而，还没完全清醒的脑袋在我思考之前擅自驱动了嘴巴："有位名叫舒麦的德语老师，对吧。"

高堂摆出凝视远方的表情："是啊。"

"老师曾在圣诞夜招待几个人到自己家。当时他的家人从德国来了日本。"

"嗯。"

"他的女儿在那天夜里唱了《罗蕾莱》①。我忘不了这个。"

"唔。"

我说完便自己吓了一跳。如此说来，有这么一回事：看到人鱼坐在石头上的时候，我的脑海中响起了《罗蕾莱》。我没有意识到那是因何而起的。我正在为自己的话发呆，高堂说："你根本看不清自我，也不通世故。凭这点脑子想要写东西，你这家伙真让我惊讶。"

这气氛很不适合向他提出让我写他。他说的句句属实，我因此有种没救的感觉。

---

① 哥特民谣。罗蕾莱是莱茵河的地名，因河道险恶，容易翻船，传说美女罗蕾莱曾因魔咒而被迫在那里唱歌迷惑水手，最后她为摆脱魔咒跳入河中，变成了人鱼。

"看清自我,那是种怎样的状态呢?"为明确起见,我试着问他。

"这个嘛,若说谁都看不清自我,这话其实没错,可像你这样的家伙倒也罕见。不过这也就是你把我引来的原因吧。"

这倒是出乎意料。

"我不记得自己求你来。"

"所以我说你看不清自我。"

仿佛成了禅问答。我不擅长这样的展开。啊,对了,我脑海中闪过一件事。

"莫非这是苏格拉底所说的伟大的无知?"

高堂顿时沉默了。过了一会儿,他叹息道:"这个嘛,或许吧。"

我略有收复失地之感,便战战兢兢地尝试开口:"山内和我说,写你怎么样。"

"唔。"

我没法推测他的真意,这个"唔"究竟是哪种意味的"唔"。就在这时——

"从这里到南禅寺山脚很近。很快会来一只猴子。你的天女将搭乘猴子,和从睿山经东山南下的队伍在南禅寺会合。

这样可以了吧。"他扔下这一句，便飞快地回去了。

第二天早上，我来到院子里，只见池塘里有条香鱼——真正的香鱼——仿佛百无聊赖地游动着。昨天掉下的葛花不见了，像是作为替代，漂浮着一朵形状相同而更加细小的花，寂寞的胡枝子。

我得把网收起来。

芒　草

　　正值八月十五，我采了些芒草回来①。我从壁龛拿来缺了口的花瓶，摆在长凳上，插上芒草。仅这样就有种风流的心境，了不起。江米团则省了。

　　过午之后，我带着五郎，穿过街道，前往位于我家东南方位的牛尾山。我并没有明确的目的，大概因为这是个空气澄澈的晴朗秋日，使我体内晃晃悠悠游山涉野的古代的血骚动了吧。

　　牛尾山的山脚是一处娴静的乡下，点缀着一如往昔的农家。田野正迎来收获的季节，四处看得到因前几天的台风倒下的庄稼，稻穗仍闪着金黄的颜色，田堤上，彼岸花开得热

---

① 日本 8 月 15 赏月的风俗有：将赏月江米团、芋头、栗子等盛放在看得见月亮的地方，并在旁边饰以芒草。

烈,像在燃烧一般,清澈的小溪奔流过农家院落跟前,仿佛在巡游院落。溪水在岸边变浅的地方清洗着延伸的草丛,五郎在那儿喝了水,我拿了对着马路的那户人家摆在长凳上的江米团。这是附近沿街的村庄宽大待客的风俗。有些人家还会为这一类不客气的路人备下茶水。红蜻蜓高飞在空中。

离山越近,路越窄,坡越陡,民居则越少。山脚下有条河,看起来是提供用水的小河的源头,河水泛着湛深的光泽,哗哗地响着。我走在河边,肌肤有点儿寒意,尚未完全转红的绿色枫叶在头顶沙沙地摇曳着。一侧的山崖上有间波切不动明王[①]的小庙。这样的路边小庙似乎有种吸引人的力量,只见那里供着花。说起来,为什么是波切不动明王呢?我想绕到近旁看看来由的文字,但这吸引力显然对狗不通用。五郎匆匆走了过去。

不久,我们来到一处像是山顶的原野。有块竖着的标牌,表明既可以就这样去到醍醐寺的内院,也可以经音羽山,往湖的方向抵达石山寺。石山寺是那位紫式部在里面闭门写下

[①] 高僧空海乘船返回日本时遭遇风浪,便向师傅惠果和尚所赠的不动明王像祈祷,风浪因此平息。该佛像因此被尊为"波切不动明王"。后来在全日本各处均作为海难庇护神被供奉。

《源氏物语》某几卷的地方。我还没参拜过，所以决定远征去那里。

或许是有野猪的气味，五郎忙着把鼻子探进那边的草丛和这边的灌木丛，上蹿下跳，奔来跑去。一旦完全看不到它，我就大喊一声，过了片刻，它便从意想不到的方位跑回来，山白竹等植物一阵晃动。

不久，太阳渐渐西斜。穿过枝叶射进来的余晖那金黄的浓度逐渐加重。我突然来到了一片空地，原野满满地被染成近乎红褐的浓金色。大概是政府发起的植树造林计划砍去不成材的树林所留下的痕迹吧。伴随着傍晚冰凉的气味，仍然有树木的香气飘散过来。

不久，月亮从东面的天空升起来。果然是毫无缺损的满月。我看了会儿月亮，不知怎的没法静静地待着。我继续晃晃悠悠地走起了山路。树梢密密匝匝重叠的所在确实昏暗，但树梢错开、月色能及的地方也不少，我心头笃定。

道路重复着上上下下，我不断往上走，不知何时过了音羽山，来到石山寺之上。我大概走了几个小时。

这一带大约在砍掉树之后又过了整个夏天吧，芒草完全长成了一片草原。月光无垠地照着平缓的山顶，就像大白天一样明亮——却显然不是白天。也有阴影——却不是日光造成的阴影。那影子仿佛眼下随时会自己微微地动起来。

仅在边上留有一棵孤零零的橡树（因为昏暗，不清楚具体的种类），仿佛某种标记。我往树旁一站，那儿的视野真是绝佳，只见景色在眼前铺展开去。左手边是湖，前方是从湖中流出的惟一的一条河——流入这个湖的河流众多，但流出的河只有这一条，至少在水渠建成之前是这样。这条河很快在前方的流经之地换上各种各样的名字，往大洋流去。它在地图上曲折的模样正像一条龙。那黑色的流水也沐浴着月光，喧嚣而美丽。因为景色太美了，我往地上一坐，怔怔地眺望着。不知五郎是不是也懂得那份美，它也同样眺望着河。

夜相当深了，月亮仍皎洁地停在半空。

大概寺里有赏月盛会，一群男女笑着喧闹着走上前来。可他们在经过时突然怪诞地沉默下来，败坏了我的心情。想想倒也是，大半夜的，我一个人待在山上，这情景才怪诞吧。

中秋月。今天在野外睡一夜吧。想到这里，我压着附近的芒草躺下，却相当冷。我把五郎喊到身旁取暖。五郎不像平时那样安静，动个不停，我训斥了它。

过了一会儿，我听到一些乱哄哄的人声。我以为是刚才的一群人，可似乎不是。我抬起半个身子，于是听不到了。刚躺到地上，又传来乱哄哄的声音，甚至能听到仿佛有许多人赞赏月亮的欢声。因为太吵了，我放弃躺着，打算靠着橡树睡。一靠上树，又听见了。

就在这时，有什么从下面的寺庙那边上来。哎呀，是一个人，和我一样呢。正当我这样想，五郎站起身开始摇尾巴。我仔细一看，是高堂。

"又是你？"我松了口气，却不动声色地说道。

"你又在热闹的地方啊。"他说。

我感到他在讽刺什么，于是充耳不闻道："又是浅井姬的事？"

我也是出于玩笑说的，他却一脸严肃地回答："公主今晚和龙神一道去了淡路岛那边。"

"你梗在心里，所以来了这儿？"我试图揶揄，他却没有回答。

"这里有点儿吵，不是吗？"他反问道。

"这儿不是个好地方吗？"

"是啊，确实是个好地方。人会想要埋在这样的地方。"

"想要埋是指……"

"就是说，想着，是啊，是个好地方，然后就会想要央求别人，如果自己死了，就埋在故乡的某处。所谓好地方，就是人想被埋葬的地方。"

我不觉站起来。

"如果要睡，就稍微靠边睡。"高堂这样说罢，迈开步子。

我跟在他身后，在一处视野没那么好、不过看来没什么湿气的高地坐下。

想被埋葬的地方……我想：如果是我自己，那会是哪儿呢？我忽然心生一念。"你怎么样？你是不是有过想被埋葬的地方？"

我话音刚落，高堂便浮现不可思议的沉静笑容。

"此愿已了。"说着，他走到下山的小路上，立即在黑暗中消失了。

五郎紧贴着我，暖融融的，我却睡不着，一直观望着天空，直到夜露落下，月亮完全西斜。

油点草[①]

外面的明亮有种澄澈之感,就像是经过和纸过滤一般。听好了,这种明亮呢,叫作秋天。我一边和五郎散步,一边教它。五郎闭了眼,高高地扬起鼻尖,我总觉得它看上去仿佛在品味这氛围。五郎最让我佩服的就是这般解风雅之处。我深深感到,人说狗和主人相似,果然没错。

水渠边的堤岸出现了数量颇多的蘑菇。要是能吃,就采一些,但我听说蘑菇的毒很厉害——登山部的某人从前因此丧命。我恋恋不舍地斜瞅着蘑菇走过去。

和尚正从水渠的桥上朝这边走来,像是要去做法事。

"哟,好久不见。"

"我们在台风之前见过。"

[①] 在日语中,油点草与杜鹃鸟的发音相同。

"是吗？啊，对了。在后面的赤松林，眼下松茸就像涌出来一样，你先去采好。反正你很闲吧。今天晚饭我请客。松茸寿喜烧①。"

"反正你很闲吧"，这话让我有些介怀，但听到寿喜烧不觉流出了口水，我咽了一口说："可是，要说寿喜烧，里面也有肉吧。这样的膻腥之物，和尚你能吃吗？"

"不吃膻腥之物就没法了解众生的心情吧。如果不贴近众生的心情，就没法拯救众生。"

我不觉信服，又一想，他这是强词夺理。

"可是，你这副打扮去买肉？可以的话，我去好了。"

"用不着。今天做法事的是车站前头的肉铺。"

他是预知到这一点而约我的吗？可难道真会收下肉作为法事的谢礼？哪怕只是想象一下都是让人不快的图景。我不想深究："那么，我在后山采了松茸等你。"

我们相互点头行礼，分道扬镳。

自从被狸猫迷惑那一次，我对上山的坡道多少有些紧张，但狸猫一定怕狗，所以有五郎在，我心头笃定。

---

① 在铁器上烤肉，然后加入酱汁和蔬菜烹煮。

我们走进寺院地界,直接绕到后面。我从胡乱挂在厨房后头的篮子当中拿了一只在手,打开木头后门,踏上与其说是赤松林不如说是混杂了赤松的杂树林中的小路。

秋天的山野的空气是不一样的。特别是林中一旦混有松树,清新之气平添了锐意,让人心旷神怡。夏天的山野仿佛要以其生命力吞噬人,冬天像是要将人凶巴巴地弹出去,春天则优柔地朦胧着。不管怎么说,透明度都比不上秋天的山野。偶尔有鹿鸣响起,仿佛空气在震颤,听到这声音,只要是日本人,谁都会想吟起《百人一首》中写到鹿鸣的那首和歌吧①。

且说松茸。

还是学生的时候,我和朋友结伴去松江的途中,曾在丹波的朋友的父母家采过松茸。在那之后就不曾采过松茸,不过曾在吉田山散步途中发现了相似的东西,气味也大抵没错,所以我试着吃了,却是认错了。当时不过疼了一两天肚子,

---

① 《百人一首》指的是日本镰仓时代藤原定家的私撰和歌集。其中提到鹿鸣的和歌为猿丸太夫所作:"奥山に红叶踏みわけ鳴く鹿の声聞く時ぞ秋は悲しき。"参考译文为:"有鹿踏红叶,深山独自游。呦呦鸣不止,此刻最悲秋。"

却被熟知菌类的朋友嘲笑说，那是有剧毒的叫作什么的蘑菇，和松茸完全不像嘛，而且仅仅是肚子疼就过去了，可真是相当野蛮的内脏。那之后，我对蘑菇的判别多少丧失了自信。不过既然和尚那样断言，说后山长了蘑菇，那应该不会错吧。就算我弄错了，等到吃的时候，和尚大概会告诉我这个不对。

叫作松茸的东西就长在这样的地方。我说给五郎听，一边试着从脚边的赤松根部堆积着腐殖土的地方挖起。接着，一个又黑又圆的东西蹦了出来，这显然是蘑菇的同类，却压根儿不是松茸。它同时喷出了茶色的粉末①。

这个不是松茸。为了慎重起见，我告诉五郎。五郎从一开始就显得缺乏兴趣，它一下子走开了，消失在某处。没办法，既然如此，只好靠自己了。我这样想着，大睁着眼看向周围。这时，应该走掉的五郎回来了。不光是一条狗，它还有个伴。像是个人。是一位比丘尼。她不知怎的脚步蹒跚。

"您身体不舒服吗？"我不觉开口道。

"我难受。想吐。脑袋好像要裂开了。"

"您不要紧吧？"我惊慌失措，不由得说道。自己也感

---

① 从这段描述看，应该是一种叫作"灰包"的蘑菇。可食用。

到说了傻话。明明看上去就并非不要紧,而且她本人也这样说了。

"能让我,在大殿,稍微休息会儿吗?"年轻的比丘尼说道,踉跄着走近前来。

"和尚不在,不过在大殿休息应该没问题吧。"我这样回答,赶忙扶了比丘尼穿过树林,绕到大殿,好不容易爬上台阶,进到里面。我把搁在角落的施主用的蒲团铺在地上。

"躺下来会舒服些吧?"

比丘尼脸色很差,她龇牙咧嘴,艰难地喘着气。我一说,比丘尼便朝端坐着阿弥陀如来像的方位行了一礼,说了声"失礼",躺了下来。接下来,她疼得乱滚,其苦楚让我几乎惊呆了。我惊慌失措地想着该如何是好,这时她说:"帮个忙,你能不能这样念:'南无妙法莲华经。'一边念一边帮我揉揉?"

只是这几句话,她就延了好几口气,好不容易才说出来。

"好的。"说着,我为她揉背,一边低吟"南无妙法莲华经"。念完一句,让人吃惊的是,比丘尼的身形逐渐变化了,摸到的缎子的手感变成棉布粗糙的触感。那样子像是个农夫。我"咦"了一声,不由得想缩回手,却听她粗声恳求道:"请继续。"

我战战兢兢，照样低吟了一句"南无妙法莲华经"，一边为她揉背，这回的手感变成了某种坚硬的鳞片状的东西。像是个落败而逃的武士。我不觉往后退，只听她用竭尽全力的声音说："可否继续？"

我没办法，只好继续，于是每当我念着"南无妙法莲华经"揉过，她的外形便接连不断地变化。

这一定不是人。但不管是怎样的妖怪，像这样在眼前经历痛苦，我能坐视而不施以援手吗？

到最后，我汗流浃背，拼了命继续揉，继续念经，于是她满地打滚之态也渐渐收敛了，随即，妖怪恢复了原本的比丘尼的模样。比丘尼长舒一口气，重新坐好，对我深深行了一礼。接着她什么也没说，站起身悄然出去了。

这事太过奇突，我都忘了追上去，只是呆呆地目送她。

等我回过神来，日头已经西斜大半。

"你怎么在这儿啊？"和尚打开和禅房相连的门，仿佛吃惊地说道。我总算说了刚才发生的始末。和尚毫无诧异之色，淡然地听着。

"这也是狸猫当中的一员。在比睿山有只虔诚的狸猫，它绕山而行，尽管是畜生之身，却把无法成佛的倒毙的魂魄背在了身上。最后它无计可施，跑进寺院。对了，是五郎引导它来的？积了德呢。没想到它是个了不起的家伙。"

狸猫不也是个值得赞扬的家伙嘛。

"所以，我还没采松茸。"

"哪里，有满满一篮子呢。我拿来放在那儿了。"

我看向和尚所指的方向，在门旁确实摆着本该被我留在山里的篮子，满满地装着松茸。那上面插了一枝带斑点的花。

"那朵花是……"

"油点草。据说因为那斑点被认为和杜鹃鸟的肚子相似，所以取了这名字。狸猫是在说'骗了你，对不起'吧。挺有情趣。"

我感到胸口仿佛被刺了一下。你是以刚刚好转的蹒跚步伐有情有义地采了松茸来吗？采松茸这点事何须在意。不管多少次我都会替你揉背，无论多少遍我都会为你念经。

我不由得转向和尚，他已不见人影。

"我拿到了肉，还有葱和豆腐。赶快吃吧。我饿了。"和尚的大嗓门在厨房那边响起。

野　菊

　　有只猴子坐在百日红分成两叉的位置。我是第一次看见猴子出现在这个院子里。二楼的窗户敞着，要是猴子使坏可吃不消。然而，要说五郎吧，它不知为何心平气和地在百日红旁凝视远方，而猴子也一动不动，仿佛陷入了沉思。我吓一跳，大声呵斥，于是那场面的寂静转瞬被打破，猴子越过围墙逃走了。它没有滑跌，身手轻捷。五郎快速地朝我瞥了一眼，叹了口气，垂下视线。我感到自己仿佛做了相当没风情的举动，可是看到院里有猴子，有谁会不惊诧？我喊一嗓有什么错。觉得被自己养的狗莫明地谴责了，我内心不快。

　　我对来商量下一篇稿子的山内讲了这事，他的眼睛愉快地一亮，窃笑道："猴子和狗？这不就是个完整的故事嘛。好，下一步是纪实报道。"

　　他在期待怎样的稿子呢？我有些不安。他却完全不在意我的内心动摇："猴子竟然坐在猴滑树①上，到底怎么上去的呢？"

"那棵树看上去那么有模有样，其实背后有个大洞。"

"既然如此，那棵树应该叫猴不滑树吧。"

"所谓名字并不是依理来取的。你会因为带'幸'字的名字联想到幸福的女性吗？带了'明'字的往往性格阴暗。也有时，名字是与其性质相逆而论的。不，或许反倒是因为取了那样的名字而强调了相反的性质。可能也因为猴滑树取了那样的名字，猴子才不会滑脚。"

"有意思，不过这是荒诞的看法。我以为，不管原本的名字如何，只要本人有意愿，就能在之后做出改变。你知道吧，我家附近的老婆婆最近去世了，她的名字叫作'止'。"

"这是那个意思啊——那些孩子众多的家庭，觉得已经不想再要孩子的父母常这么命名。"

"你会这样想，是吧？但并非如此。她的儿子——是我的儿时伙伴——到了在政府办理死亡证明的阶段，得知那位婆婆的真名其实不是这个。"

"噢。"

---

① 即百日红，见前注。

"真名其实叫'虎'。这名字,周围的人甚至她儿子都不知道。是她死后才首次弄清的事实。"

"可是,我并不觉得'止'这名字就比'虎'好听。是父母盼望她身体结实吧。若说姓'藤野'叫'紫苑'①什么的倒还说得过去。"

"但是,那家的姓叫作'鬼虎'——鬼——虎——"

"鬼虎虎?"

"怎么样,你忍不住同情她了吧?就是说,她用'止'这样的字来终结,根本不是想炫耀华美的名字,反而是对这个名字无法忍受,是自我辩护的表现。"

"嗯。"

"我认为,名字这东西,一定应该被人喊作自己中意的。要是不喜欢,就改掉好了。"

"但植物就算了。你知道叫作臭屁藤的植物吗?"

"不知道。"

"花朵纤巧,结出龟甲颜色的具有风情的果实,但在碾碎

---

① 藤花为紫色。紫苑则是一种紫色菊花。这名字有双重花名,是意象的重叠。

的时候会有臭气，所以取了这样的名字。"

"好可怜。"

"但名字是为了我们的方便，臭屁藤自己大概全不当回事吧。"

"原来如此。"

"所以猴滑树也不会介意，不管被叫成什么。"

"是这样吗？"

山内仿佛别有意味地说着，看向百日红那边。我也跟着朝那边看去。似乎没有风，百日红纹丝不动，叶子也毫不摇曳。

如果现在把蔷薇喊作瞿麦，它也一定不会同意。同样，百日红也一定觉得熟悉的名字为好。

"一旦取了名字来喊，和花的交往就会不同。就连绵贯先生你，要是只喊五郎'狗'，就不会产生感情了吧。正因为有了命名，其个性才会被承认。例如，猴滑树又叫宝幡花，把三个字的顺序调换……"①

---

① 这一段不得不进行了简单的改写——在日语中，百日红（猴滑树）的发音是五个音节，sa-ru-su-be-ri，山内将其倒过来，变成了 ri-be-su-ru-sa，然后进一步改成 ri-be-ru-sa "利贝露萨"，成为具有异国风情的女孩名。译者参照百日红的多种别名，选定较适合作如此戏改的"宝幡花"，为求完整，加了一句"猴滑树又叫宝幡花"。

山内开始在手边的纸上写什么。

"花幡宝。这太过豪气了。干脆把最后的'宝'字去掉。"

"花幡！你别弄了。"

"挺好的不是？像个女人的名字。喂，花幡！"

接着，可怕的是，百日红把整棵树干大幅度地上下一晃，仿佛在点头。或许是突然起了暴风。可窗玻璃没晃。

"你看。它高兴了。"

谁会喊这样的名字啊？

山内回去之后，我尽量不看百日红那边，出了门。

我朝山的方向走去，只见往水渠方向的堤岸的灌木丛中，邻家太太正在专心致志地采摘什么。我也想说说猴子的事，便开口道："那是什么？"

邻家太太一惊，几乎弄掉了笊篱，她看向这边："哎呀，吓我一跳。这个？是零余子。咦，你不认识？那我待会儿做了零余子饭给你送过去。"

"叫作零余子，这是什么的果实？"

"山药，味道也有点像。炒了以后加点盐，你要知道，这可好吃了。"①

---

① 山药叶腋中长出的气生块茎称零余子，可以用来扩大繁殖。

"那可就谢谢了。对了，今天院子里出现了猴子。"

"来了一群？"

"不，就一只。"

"那么或许是走散的猴子。五郎有什么反应？"

"像是彼此相熟。"

"那就没什么可担心的吧。"

邻家太太又开始采零余子。似乎有趣，我也帮着采摘附在藤蔓间的毛乎乎的小果实。忽然，我想起山内的那番话，正是取了名字才有个性，如此云云。接着，我又想到自己不知道邻家太太的名字。我想若无其事地问一下，不知怎的踌躇了。没办法，我说了山内给百日红取名的事。邻家太太极为认真地点头："这可是做了件好事。"

邻家太太忽然停下动作，看向开在堤岸一侧的小小的紫色野菊。

"我的名字是那个。"

"野菊——是'菊'？"

"不，是'花'。随处可见的名字。"

邻家太太的名字叫作花。到如今，虽说知道了名字，也不会想用这名字喊她。不过，得知这个名字，我不可思议地感到踏实。

杜　松

　　薄暮时分。一走到水渠边，就见一个披着旧斗笠和蓑衣的老人坐在路旁的树桩上，他长了一张惠比寿①的脸，脸上带着古怪的笑意。周遭刚开始转暗，他与周围融为一体，仿佛从暮色中渗出来一般。老人纹丝不动，他那地藏菩萨般的样子使我不觉好奇地被吸引住了。隔着仅能容人擦肩而过的小径，岸边的柳树上绑着钓竿，所以我猜他大约是在钓鱼。因为没在附近的村庄见过这张脸，我来了兴趣。

　　在家门口，邻家太太把剩下的晚饭拿来给五郎，我问他是否认识这样的老爷爷。

　　"那是水獭。住在安宁寺河的上游。它注意到新建的水渠也是个好渔场了吧。为了不引人喧扰，它变换了模样，虽说

---

①　日本的七福神之一，常见造型为右手执钓竿，左手抱一条海鲷。

是个畜生，也有智慧。你没和它说话就好。唉，这一带，如今的孩子们全都晓得那是水獭，不会上当。"

"如果上当会怎样？"

"这个嘛，也不会怎样。就只是被迫在旁边呆呆地盯着水渠，直到它逮到满满一篓子的鱼。它是想要个伴儿吧。不过，人类要是在这等事情上耗费时间，可就没法过日子了。对吧？"

"……嗯。"

"你可别和那样的家伙牵扯上。"邻家太太的眼眸瞬间锐利地一亮，她看进我的眼睛深处，叮嘱我后便回去了。

外面已是一片漆黑。我进屋打开电灯，似乎有个什么东西在厨房那头没铺地板的房间深处"刷"地跑掉了。是个和猫差不多的小动物。后门关着，因此一定是从地板下面的空隙逃掉的吧[①]。或许是巨大的老鼠。要是那样，才真是牵扯上就没个完了。哦，对了，我回过神，看向邻家太太带来的所谓"分一些给五郎"的东西，是牛蒡和芋仔，还有沙丁鱼的

[①] 和式房间的地板是架空铺在裸露的地面上的，地板下一般有超过45厘米的空间。从没铺地板的房间走上地板等于上一级台阶。

拼盘。厨房里还扔着据说是邻家先生昨天挖的山药。其实我从早上就期待着，打算今天用来做山药泥大麦饭。这是无上的晚餐。我整个人兴高采烈起来，打算煮掺了大麦的米饭，往厨房走去一看——这不是几条穿在竹枝上的香鱼吗？就放在水槽那儿。哈哈，我想，看来一定是被水獭跟踪了，却不知它为什么拿了这样的东西来。今天的菜够了，所以用不着香鱼。我姑且只用煮饭的余火把鱼烤了，明天再说。

第二天，我对一如往常打扫家门前道路的邻家太太说了香鱼的事，她"咦"了一声，明显露出听到不祥之事的神色。

"你还没吃吧？"

"嗯，还没。"

"这真是不幸中的万幸。你一定是被水獭当作同类给盯上了。不得了，它还会来。你要是被它给附体了，就会一生过着水獭生涯。"

要是说实话，我此刻同时感觉到两种心情：被这句"水獭生涯"强烈吸引的心情以及如同邻家太太所说的"不得了"的心情。

她给了我忠告，说让我直接往安宁寺上游方向去还香鱼，我便老老实实地回了厨房，把香鱼像最初那样穿回竹枝上，提溜着往河的上游走去。

说是河,但这一带已经接近于上游,因此给人的印象是条水流湍急的小河,虽不宽,却深深地穿过地表。两岸灌木丛逼仄。我沿着安宁寺的围墙一侧溯流而上,走了没多久,河水陡然变宽,我吃了一惊。我想了想,自己从未来过这边。水獭的巢是在这一带?

从左手方向传来践踏落叶的声响,看来有从别的方向岔过来的小路,我刚这样想,突然,一个戴鸭舌帽的男人悄无声息地出现在眼前:"老爷,又见面了,在这样的地方。"

听这说话的声音,没错,是蛇贩子。

"是你。莫非你在找冬眠前的蝮蛇?"

"那种东西可不是想找就能轻易找着的,要靠运气。这前面山上的开阔地有片杜松林,我正要去那儿采杜松果实。另外,今年秋天也是挖当归根的时候,所以我去看看情况。"他说着,一边不时瞅一眼我的香鱼。

"我正要去把这个还给水獭老人。"我生硬地说。

"你知道地点吗?"

"大概。在这上游吧?"

"不对不对。老爷,这是支流。主流在安宁寺地界内流过。"

"这样啊。我不知道。"我停步转身。

"可以的话,这个就交给我吧?"蛇贩子眼睛发亮地盯着香鱼。

"不,我得还给水獭老人。"

"完全没问题,我会和他说的。"

"你认识水獭?"

"是我外公。"

我大吃一惊,差点没站稳:"那可是水獭啊。"

"所谓不守成规的恋爱,在任何时代都会发生。"蛇贩子看上去对自己的出身毫不羞耻。

我不觉换成安慰的语气:"你母亲一向可好?"

"在我小的时候跑掉了。她身上流的就是这样的血吧。"

我应了句"这样啊",想到蛇贩子苦难的半生,便把之前的事一笔勾销了。这是个拥有曲折成长经历的家伙。

"我懂了。那这香鱼可以交给你处理吧?"说着,我把竹枝递到他跟前。

"那可就多谢了。嘿嘿。"蛇贩子说道,他刚接过竹枝,便当场把香鱼从脑袋开始咯吱咯吱地吃掉了。这等野性,不愧是水獭的后裔，我钦佩地注视着他，他只说了声"那我走了"，转眼间就往山那边消失了。

紧接着，我不安起来。他会好好帮我和水獭说一声吗？

我没有尝试前往安宁寺河的"主流"，而在安宁寺河与水渠交叉的位置凝神细看，水渠施工时通过人工开凿了地下水脉，安宁寺河穿过水渠下方，回到原来的河道。从前一定是条更大的河。随着时代变迁，水獭也适应了新的人世。它们的栖息范围也遭到了严重的威胁。其后哪怕与人界混杂，哪怕顽强地试图将其本性传给后世，或许都不过分。

我在水獭老人昨天坐过的树桩上坐下。日头还高，离他的出没尚有时间。一整天就这样为得到今天的口粮呆坐着，如果这就叫作水獭生涯，这本身不就是正确的生活吗？

秋天的天空高远，远处传来孩子们嬉戏的声音。吹拂的风很舒服，我不觉开始假寐。

突然，狗叫声使我一惊，我回过神来。五郎朝这边叫唤着。怎么回事啊？没等我惊慌失措，脚下有什么东西滑溜溜地闪出，又"砰"地跃入水渠之中。五郎朝那东西的方向狂吠。我环视周围，太阳已经开始西斜。糟了糟了，我说着站起身催促五郎，好了，回去吧。

风很冷，我不觉把交握的双手笼进袖子，忽地注意到袖子里有什么。取出一看，是绿色的杜松果实。学生时代，教室外生长着杜松。我想起来，忘了是哪一位老师说过，杜松在结果那一年尚未成熟，要到第二年或是第三年的秋天才终于变黑而成熟。

结绿果了吗？我喃喃道，把它朝着山那边扔回去。五郎跟着"汪"了一声，随后安抚般抬头注视我，摇着尾巴。

茶 梅

外头从大清早就闹腾腾的。我在早饭后外出散步,遇到附近的老爷爷,便问他今天早上发生了什么。

"在水渠岸边上吊。"说完,他用手捂住嘴,瞪着我,仿佛再多言就会传染疫病。老爷爷宛如甲鱼般皮肤松垂的脖子怪异地朝我这边逼近,我因此狼狈不堪地逃走了,并决心这阵子不去水渠那里了。

于是我结束散步,在二楼读书。这本名为《世界的风土病》的书是我几天前在外文书店买来的,一如其名,对全世界的风土病做了细致的描写,读来耐人寻味。例如,在北非沙漠的某地,每到刮起某种季节风的季节,人们就不太出门。只要刮起当地话叫作"绿之风"的风,就必定会有人下落不明。据说那人会蹒跚地走进沙漠,在沙漠中彷徨,即使被人发现后拼死带回来,那人也没有从前的记忆。几乎和废人一个样,不管怎么捆住,那人都会用力挣脱,早晚要回到沙漠中去。

真是什么不可思议的病都有啊。

风土病是指某个地方特有的疾病,有时候隔了若干年突发,也有些时候,所有人都患了病,却因为过于慢性,病成了常态,居民们不知道自己患了病。

我一整天沉浸于这本书,等回过神来已是傍晚。这时,我彻底产生了一种感觉,觉得世界由风土病而区分,我居住的这一带也一定有人们尚未察觉的风土病。土地的歪曲或是变形,会在人们的生活中呈现出来吧。

可那风土病究竟是什么?

我正在思索,邻家太太的声音在玄关响起。我想她是不是又给五郎来送晚饭,便走下去看。

"这前头的姑娘去世了。邻居们要去做守灵时分发的食物。不,你家不用去,不过呢,我想总得来打声招呼。"

我突然心头一震:"那是,哪一家的……"

"那条直路一直往车站去的地方,还年轻,却成了这样。"

"是生病还是什么?"

"不对不对,"说着,邻家太太用双手做了个勒脖子的动作给我看,"吊在水渠岸边,是她正在散步的父亲发现的,对，是亲生父亲哪。"

我的脑海中浮现出大丽花君的身影："难道是围着矮树篱的……"

"没错，是你认识的人？"

"……不，不过，为什么……"

"好像是有了喜欢的人，所以不中意父母安排的亲事。那我过去了。"

邻家太太走后，我不觉一屁股坐了下来。

我没有勇气径自前往守灵的人家，于是沿着河畔往后街走。沿着安宁寺河排列着几座洋房，其中的一座亮着灯。那座洋房有着奇异的形态，二楼的三面有凸窗。听说这组洋房是重型设备公司从西方招揽的技术人员的家属宿舍。据爱传话的女佣所说，凸窗摆了一圈照片，是洋人的太太从小时候起的照片，按照年代顺序摆放，男主人早上起来后，便从太太的婴儿照开始，依次施以代替问候的接吻，这是他的习惯。在西方这也绝不算寻常——大约是一种风土病吧。

我迎着变得寒冷的风走着，听见有人隔了墙在树丛郁郁葱葱的庭院里用含混不清的嗓音低语。这条路是房屋与河流之间的窄堤，难得有人经过。我因此有种仿佛在偷听的负疚，试图加快步子过去。

"不至于连水渠岸边都——"

因为这句话，我急忙停下脚步仔细倾听。

"似乎是湖上的风沿着暗渠吹来。"

"可是并没有带走什么。"

"……嘘。"随后是仿佛在窥伺这边的沉默。过了一会儿，两只乌鸦啪啦啪啦地飞上黄昏的天空。

我打了个寒噤。

我想尽快走到大道上，正要在桥畔转弯，却听到好几种嘶哑的声音在对面窃窃私语。

"……是出嫁的队伍。"

"……是出嫁的队伍。"

河边那些树叶已经转红的樱树在同时窃窃私语。

好几艘小船在暮色中一连串地从河流的下游溯流而上，如同滑过一般。船里的乘客一身上下身礼服[①]，人模人样的，

[①] 江户时代武士的礼服。

脸却是鲫鱼；身穿黑留袖和服①的是鲤鱼，好几条鲤鱼一本正经地坐着；船老大似乎是鲶鱼。

这可非同寻常，我呆住了。在正中间的船上，一个姑娘正在低着头落座，她身穿洁白的装束，看起来像是新娘。

"佐保妹子。"突然有个声音在耳畔响起，我差点跳起来，回头一看，哎呀，那不是大丽花君吗？她在堤上朝着船奔近，把手中的白花扔了过去。

"佐保妹子。"她又喊了一声，被唤作佐保的姑娘朝这边略微侧过脸，像在鞠躬行礼。接着，船队就这样朝着上游消失了。

我战战兢兢地注视着大丽花君。大丽花君久久地看着上游的方向，仿佛失去了力气。不过，她终于朝我这边转过脸。

"您看到了？"她嘟囔了一句。

我默不作声地点头。

"是我的儿时伙伴，隔壁家的。唉，事出匆忙，花赶不及。大家收集了这周围一带早开的白茶梅。"

我默不作声地点头。

---

① 供已婚妇女穿着的全黑日式礼服。

"请不要认为她可怜。佐保妹子会变成春之女神①回来的。"大丽花君的声音昂扬着。

我默不作声地点头。除此以外还能做什么呢。

我把她送到转角。分别的时候,我说:"我的朋友也在湖上失踪了,不过他一有兴致就回来。"

大丽花君的脸扭曲了,像要哭出来。

"嗯,没错,就是这样的地方习气。"她自语着,返回明晃晃亮着灯笼的守夜的位置。

---

① 在日本的传说中,佐保山的佐保姬是春之女神,对应于龙田姬。

龙之须[①]

根据在伦敦留学的朋友所说，在英国，妇女随着年纪增长，腿会渐渐变成象腿。脚踝和小腿肚的界限变得不分明，逐渐变成异样粗壮的巨筒。

听说，人们认为这是由于石灰质过多的饮料作祟，可为什么他能够得意地写下并送来这样的消息呢？腿平时应该是隐藏于衣服之下的，身为男子不可能轻易得知。他完全不提得知的途径，仿佛他本人怀有秘密，但从文章能够推测，这既不是他对该国的妇女施展了性感的魅力，也不是他忘了本分沉浸于那一类研究，仅仅是源自寄宿舍的老太太的唠叨以及陪她去看病的结果。

土耳其的村田的信也让我这样想，"寄宿舍的老太太"似

---

① 中文名为"沿阶草"。此处采用直译，因形状像龙的胡须而得名。

乎会成为了解那个国家的最佳窗口。首先，老太太通晓当地的情况，这一点自不待言，她具有保护欲，正如母鸟会本能地疼爱进入自己羽翼之下的雏鸟，并且她的教育热忱也时常高涨，想要传授自己知道的情况。因此她自然具备了作为引路人的条件。但是，我也听说过遇到宛如恶魔的寄宿舍老太太的留学生的情形。于是整个留学体验真正成了噩梦，那个留学生陷入彻底的神经衰弱回了国。

总的来说，这就是所谓的天命吧。

精通当地情况且不辞辛劳地给予适时而恰当的信息，在这一点上，我认为，对我而言，邻家太太正是宛如寄宿舍老太太的存在。

前一阵也是这样，我表示疑问，说：最近天冷了，在池塘结冰的寒冬，河童在哪里、做些什么。于是她快刀斩乱麻般地当即答道：啊，它们到水底之国去了。她解决这事，就像在说"正月的年糕去街角的点心店买就好"，其明快不带半点迟疑。

她本人如今正在早晨的阳光下晾晒洗过的衣物，一边哼着歌。这是和深远的大气进行联欢，但她当然没有这样的自觉吧。我在遥远的二楼从被窝里倾听邻家院中的哼唱，深切地感觉到又一天顺利开始的奇妙。我没能起床，是因为到底过了晚秋，该称作初冬的季节到来了，就是说，冷。我把地铺从一楼移到二楼也是出于同样的理由，仅仅是二楼暖和。每当听到嘎拉嘎拉晃着玻璃门的台风声，我便为自己的懒惰愧疚。我没做该做的事。可是，待在被窝里，让思绪往来于世界的各处，这也是出色的精神活动。想到这一点，我就一改负疚，想和体力劳动对着干，觉得我（即便谈不上知性）总可以自称为脑力劳动者吧。

最近，从厨房到茶室的天花板上，夏天曾隆盛一时的王瓜结了果实，果实转成了红色。说是瓜，徒有其名，这果实不能吃。成果可说是丰收，要是能食用，我就每天吃。累累的模样仿佛是某种古怪的符咒或装饰，我想是不是至少能做成腌菜呢，可邻家太太说冬瓜倒也罢了，从没听过什么腌王瓜。

"倒也不是没有风情的东西，或者缠在枯枝上，插在壁龛的花瓶里。"

她这么说，倘在平时，我听过就过去了，毫不在意，而且说话的她本人大概也不信吧。平日是个懒鬼的我，难道也真会为壁龛的情趣而动弹。然而不知为什么，我想姑且擦一下放着没管的壁龛的灰尘，不为别的，只是由于我对壁龛那头的动静感到在意。

高堂没有出现。

挂轴上的白鹭依旧一动不动地寻觅着鱼，芦苇丛有时沙沙地搅起风声，可这几个月，高堂不曾跨过壁龛的门槛（该这么称呼吧）。好端端地积了灰，就是因为这个。

我总算起床，走下楼，习惯性地将视线投向壁龛。没有变化。这时，有风吹来。我不清楚这意味着什么。我期待着，心想这会不会是高堂出现的先兆，就像神仙显灵之前的天地异变，但并非如此。风仅仅是吹拂着。

突然，在我的眼前，池塘那边出现了到方才为止应该在晾晒衣物的邻家太太。五郎高兴地摇着尾巴凑了过去。她一遇上我的视线就说："都没打招呼，抱歉，风大，洗的东西给吹跑了。"

我看向她的视线尽头，像是衣物的东西挂在松枝上。我马上从游廊跑到院子里，用竹竿帮她取下那块网状的布。

"你可是帮了大忙，抱歉，我琢磨着差不多该做春年糕的准备了。这是蒸糯米用的布，我想洗一下，刚拿出来就被风吹走了……哎呀，好多龙之须的果实。"

我看向脚边,迄今为止完全没在意,怎么看都像是草的蓬蓬勃勃的植物之间浮着玻璃珠模样的东西,像露珠一样。

"噢,我没注意到这个。这是什么?龙……"

"叫作龙之须。"

"我不认识这个。没想到会结出这么美的东西。"

我弯下腰仔细端详。

"既然叫作龙之须,是和龙有关系吧?"

"大概吧。这个我就不知道了。在湖的周边,有好多和龙有关的东西。就连骨头也是。"

"骨头?难道是龙的骨头?"

"嗯,大致在睿山和比良山之间,流往湖的真野川附近,是农民发现的。"

"在田里?"

"当时正在田里刨碍事的小土山。骨头被献给膳所藩的殿下,有位叫作皆川淇园的儒学家,他鉴定其为龙的头骨。所以在那个地方建了叫作'龙之宫'的庙。这事就发生在最近,差不多一百年前。"

"噢,骨头啊。那么,是龙死了吗?龙也会死?龙会诞生,所以也会死,是吧?"

"到了开国的天皇任期,立即来了一位叫作瑙曼的学者。"

"啊,是德国地质学家。确实,有个名叫埃德蒙德·瑙曼①的人。我从德语老师那儿听过,这个人在维新的时候来了日本。是他啊。"

"呀,你知道他?总之,按这个人的话,好像是说,那是个叫作什么的很早以前的象的下颌骨。"

"原来如此。"

"可是,他不是当地人,又是个连毛发颜色都不一样的异国学者,难道会清楚当地的情况?什么学者,归根结底,他什么都不明白。难道不是吗?前一阵干旱的时候也一样,什么气象学家大言不惭地出面,说气压这啊那啊的,还说最近决不会下雨,要尽快建水坝,而当地的神官去了那个龙的庙,刚做了求雨的祈愿,转眼就涌出黑云下了雨不是?什么学者,不过如此。完全不懂所谓土地的气脉。"邻家太太气焰高涨。她的理论不是在桌前产生的,全部是从生活的实际感受中生成的,因此具有相当的说服力和动人的力量。

---

① 埃德蒙德·瑙曼(1854—1927),在明治时代的日本,他被认为是"日本地质学之父"。

"原来如此，就是说，即便那骨头是象骨，至少，那骨头不能成为龙死了的证据，是吧？"

邻家太太瞬间一怔，随即肃然道："死了也罢，活着也罢，对于有气魄的灵魂，这种事没什么要紧。"

邻家太太离开后，我漫不经心地看向池面，发现没有水流的角落结了冰。龙之须的绿珠子滚落在那儿。风出声地吹着，从衣着单薄的我的耳际擦过，顺便把那粒珠子吹落到水流的底部。我一回头，只见敞开的游廊拉门那边，风从客厅壁龛的挂轴上渺渺地吹来。我沉默地看了一会儿，风不久便停了，风景安稳下来，转为沉静。

寒气凛冽肌如裂。

柠 檬

我正要走出车站,天下起了雪。雪落下的势头仿佛要把世界涂成一片白色一般,其中有个深茶色的生物从左往右通过。仔细一看,是五郎。我想它不会像忠犬那样来接我,大概是散步途中碰巧经过,便喊了声"五郎",它回过头,立即摆出像在说"哦"的表情,并愉快地摇尾示意。然后,它仿佛在说"我有急事",一边继续回头看我,一边欻然离去。我是第一次被五郎回头看。我在心里"唔"了一声,感到饶有趣味,可这也只是一开始,事实上,我有点失望。

那该怎么办呢?要是在这里再等会儿,雪会变小吧?或者这雪会持续到夜里?正当我重整精神开始思索时,一位年轻女性走进车站,她黑发编成独辫,披了件胭脂色的披肩。她抖落伞上的雪,收起伞。她的一只手上拿了另一柄伞。是大丽花君。是来接谁的吧。她也注意到我了,我们相互点头致意。

"雪下得好大。"

"嗯,确实。"

"你是来接谁吗?"

"嗯。"

可是,下一班列车暂时应该不会来。从刚才的车下来的,除了我也只有两个人,一个带了伞,另一个看来离这儿不远,快步消失在前面的小巷中。

"有列车要来?"

"有。"

她一脸认真地点头,所以我想是不是有临时车次。我们交谈的时候,雪仍在洋洋洒洒地落下,堆积起来,就像在人家的瓦屋顶上放了白色的坐垫。我想要不干脆到候车室里,却仿佛被捆住了似的,没法从这儿挪动。大丽花君也像是冻僵了一样,她的脸始终朝着列车过来的方向。两个人无话可说。

"从哪儿来的列车?"

"从湖那边。"

倒也是,不论哪一趟列车都是从湖的西岸或东岸过来。她的回答没有错,却让我感到有些奇妙。

我从邻家太太那儿听说，湖的周边有很多和龙有关的事物。我最近才注意到，在我家的院子里，名叫"龙之须"的植物结着玻璃珠模样的果实。

大丽花朝着前方低声自语："洞穴中伏藏着蛟龙的苗裔。"

我来了兴致。是歌德。迷娘①。

我不禁背诵给她听：

你认识吗，那座山和它的云栈？
骡儿在雾中寻它的路线，
洞穴中伏藏着蛟龙的苗裔，
岩石欲坠，潮水打着岩石——
你可认识那座山？

大丽花接下去，用清澈的声音朝着半空朗诵道：

到那里，到那里，

---

① 迷娘是歌德小说《威廉·麦斯特的学习年代》中的人物，《迷娘歌》是她唱的怀念意大利故土的歌，共有三节。这首歌在日本和中国各有诸多译本，梨木香步选用的是森欧外的译作，音节富有古雅的韵味。在比较各个版本的基础上，译者选用了冯至译本。

是我们的途程，

　　让我们同去。①

　　这时响起了汽笛声，果然有列车的震动响彻车站。大丽花急忙赶往月台的方向。列车进站了。车站的工作人员谁也没动。没有一个人下车。就在这时，驾驶室那边有个什么朝大丽花招了招手，递了件东西给她。大丽花接过那东西，茫然呆立。列车开动了，在雪中逐渐变小。大丽花提着一只篮子走回来，雪花沾在她的肩膀和头发上。

　　"没在车上，"她只喃喃了这么一句，随即准备回去，并把带的伞向我递过来，"伞，借给你吧。雪好像轻易不会停。"

　　"啊，谢谢。"我不好意思地接过伞。

　　两个人走在高架铁轨下面的时候，大丽花说："听说天冷的时候，湖底下静悄悄的。听说那里并不那么冷，但外面越是冷，湖就越静。鲤鱼也好，鲫鱼也好，大家都不动弹，感觉就像浮在空中。风止住的瞬间，鲤鱼旗的鲤鱼'刷'地飘成水平状，就那

---

① 这一处为了与作者所引用的森鸥外译本语气协调，可以看出森鸥外译本多有省略，但考虑故事的整体情景，仍按其句子对冯至译本略作修改。冯至原译为："到那里！到那里／是我们的途程，啊父亲，让我们同去！"

样横向静止，说的就是那种感觉。平时一味横向流逝的时间在那里'刷'地停下，转成纵向，越走越深。但大家都活着。说是感觉得到微乎其微的晃动，这就是它们活着的证据。"

我没能回答，默默地倾听着大丽花的话。

"尽管这样，据说龙的洞穴深处什么都有。不论是永夏之国的果实，还是开在高山的花。我也琢磨过这是不是真的。可是，没法觉得是真的吧？"大丽花想要我附和。

没办法，我应道："这不是比真的还要像真的吗。这要是真的，有什么不妥？"

大丽花的脸红了："不！没什么不妥！"接着，她问我："你的朋友那之后回来过吗？"

"没有，一次也没回来过。"

高堂到冬天仍未出现。等我回过神来，我们已经来到了大丽花的家门前。大丽花在门边站定："希望你也能和朋友再见上面。"说着，她伸手探进从列车上递来的篮子，把某种果实模样的东西递给我。我一看，是柠檬。

"谢谢。"

"是青的，不过放一放就会变黄。"

她点一下头，走了进去。雪没有停，我走上回家的路。

木屐不断地踩啊踩,踩出一团团雪块。我艰难地走着,同时在口中低吟起被大丽花所触发的歌德诗歌的起始段。我发现其中也有柠檬出现。

> 你认识吗,那柠檬盛开的地方?
> 金橙在阴沉的叶里辉煌,
> 一缕熏风吹自蔚蓝的天空,
> 番石榴寂静,桂树亭亭——
> 你可认识那地方?
> 到那里,到那里,
> 我要和你同去。①

---

① 冯至译本的最后两句为"到那里!到那里/啊,我的爱人,我要和你同去!"为协调森鸥外译本的沉静语气,参照森氏译文略作修改。

南天竹

　　庭院一派雪景，南天竹红色的果实在积雪间艳生生地闪亮着。雪停了，天却阴着，不知什么时候会开始下雪。空气带着铅的色泽和质感，没有风，也没有声音。

　　这样的日子，屋子经常作响①。响声有时是从游廊尽头艮位②的阴暗处开始，一路转弯到洗脸池的位置，也有时顺着游廊，径直来到客厅，在靠近我的隔扇那边遽然停下。这动静一旦来了兴致便很热闹。感觉上，之前像是在观察我这边的情形，有所顾虑，而一旦响起，就仿佛没了拘束，开始四处作响。也谈不上打扰工作，所以我迄今为止没在意。不知这是好是坏。人们常说，狐狸妖怪会在没人住的废屋栖身，可

---

① 屋子作响是古代日本人相信的鬼神行为之一。指家或家具毫无理由地摇晃出声。
② 东北方位。

能我在不觉中营造了同样的条件。这完全是我的无德所致。今天屋子的响动格外喧嚣。不可思议的是，响声越吵，我便感到周遭的静谧越发分明。也因为今天下雪并积了起来，静谧得近乎疼痛。

从客厅看去，池塘也结冰了，冰上积着雪。院子也像是暂时休憩了，在院子上空，一群麻雀停在百日红的树枝上，像一串铃铛。院子里多的是南天竹。也可以认为，冬季多鸟是由于南天竹，但如果是大个头的鹎鸟也就算了，对麻雀来说，如果吞下南天竹的果实，那不是要赔上性命吗？挨着游廊的玻璃门跟前也有一株大个儿的南天竹，这在南天竹当中可算是大树了吧。但树形不佳，弯曲的主干上并排伸展着好几枝中等枝干。最靠这边的一枝紧贴着玻璃门。忽然，我听到一个声音，那声音如果与屋子的响声比，有些彬彬有礼，于是我看过去，只见一只圆乎乎的雀儿，似乎是从百日红的树枝上坠下的，正在并排伸展的拇指粗细的南天竹枝干上依次横跃而过。它跳到这一头，身子挨近玻璃门，随即返身跳回去。它显然是在嬉戏。有意思，我想着，不觉被吸引得盯着看，紧接着，我听见一个低语般的声音：

……驱魔的符纸被老鼠给拖了去，在艮位的天花板里面。

我直觉地感到那是百日红。要说驱魔，最近刚过节分①。别说撒豆子，沙丁鱼头也罢，刺桂枝子也罢，终究都和我无关。可既然照看这个家，随随便便地对待，就好像屋子没人住似的，我可是无颜面对房主。

我立即着手检查艮位的天花板内部。确实有纸制的符纸模样的东西，但几乎没形了，仅勉强剩了一角。还是只能弄张新符纸。我左思右想，决定出门前往以节分驱鬼著称的吉田神社。那儿的节分之夜很热闹，我在学生时代去过。参拜路的两侧摆出夜市摊子，虽说是冬天，却像夏日祭典一样皎皎明亮。如果去神社事务处，那儿一定会放着一两张驱魔用的符纸吧。

心生此念，今日又是吉日，我决定立即出门。或许因为雪的缘故，说来奇怪，外面一个人也没有。我正打算从神社对面的一侧翻过吉田山，只见通往鸟居②的参拜路旁开着一家

---

① 每个季节起始日的前一天，多指立春前一天，即2月3日。日本这一天有撒豆驱鬼的风俗，并把插有沙丁鱼头的刺桂枝条挂在门口，用意是驱除邪气。
② 形似中国的牌坊，象征神社的神域入口。

小店。是神社事务处的分处吧。一面写着"符纸店"的旗子映入眼帘。哎呀，太好了，不用爬着雪坡到山顶去了，我一阵欣喜，朝店里看去，模样还是个孩子的光头店主说："欢迎光临。本店备有各种符纸。您在找什么样的？"

"在找驱魔的。"我这么一说，他点点头，仿佛在说我懂了。

"驱魔的符纸也有好些种，这一种据说对蜈蚣、水獭、狐狸都有效，是弘法大师的灵验至极的符纸，对了，总之，价格差不多是普通上班族三个月的月薪吧。"

"这我可买不起。"

"既然如此，这个怎么样？止住从那边来的见缝风。这是高野山一位高僧特制的，用这个就会把古怪的声音全都消掉，保证身心健康的每一天。至于价格，对了，差不多是普通上班族两个月的月薪吧。"

"这也买不起。"

符纸店老板露出有些气馁的表情，随即"嗯"了一声，像在勉励自己："这样的话，我无论如何都要推荐这个。这一种的灵力比刚才两种要逊色些，但在关键时刻方便适用。"

"什么关键时刻？"

"避雷。"

"哦。多少钱?"

"普通上班族一个月的月薪。"

"我可不是普通上班族,都不曾按月拿过工资。你能不能推荐个适合我的符纸?"

小小年纪的符纸店老板皱起脸。那张脸扭曲的模样不是出于不快,而是难过得想哭却忍住了。他被迫面对超出自己能力的难题,让我感到他几乎是忧伤的。

我不觉陷入了同情:"要按价格说,对了,差不多就是夜摊上的一碗乌冬面。"

符纸店老板的脸倏然一亮。大概我这个具体的价格提示使他有了什么想法吧。

"要是这样的话,只有这个了。"说着,他带着自信递出一个硬邦邦的和纸袋,上面花哨地写着"万难转御厄除"几个大字。

"我觉得这个似乎能有效。"

"您买得好。"符纸店老板欣然说道。

我付了正好一碗夜摊乌冬面的钱,正要回去,有人从小店后方走进来,符纸店老板转过头去。那个男人也瞄了我一眼。认出那张脸，我一惊，不觉大声喊道："蛇贩子！"

蛇贩子嘿嘿笑着，低头道："经常蒙您关照。"

"你还开了符纸店？"

"不，这是我弟开的。"

原来蛇贩子有弟弟？那么这位就是了，我心里想着，正打算重新端详年轻的符纸店老板。

"同父异母的弟弟。"蛇贩子说道，一脸的若无其事。他的家庭情况越来越复杂了。接着他又说："这家伙在做诚实的买卖。请多捧场。"说着，他低头行礼。符纸店之类，就算想捧场，还不知我在余生到底会不会再来，我没法答应。

"这可没法担保，不过今天买到了好东西。"我说罢，踏上归途。

回到家，我立即打开天花板里面，打算把买到的符纸放进去。可不知为什么，我突然无比想看一下符纸袋的里面。可我也听说过，倘若看了里面，符纸就不灵验了。我把符纸在桌上放了一会儿，盯着它思忖了一番。然后我想道：对了，万一失效，我只要再去一次那间符纸店就行了，于是我下定决心，毅然将其打开。露出的是一枝干枯的南天竹，我把它拿出来的时候，红色的果实簌簌地落在榻榻米上。

蜂斗菜

看来，即便只是一层隔扇那样的和纸，也会遮蔽住火钵里的炭的气味和热意，我刚走上游廊，寒气立即从脚底袭来。客厅里也相当冷。冷啊冷啊，我发着抖，以冻僵的手写作，可每当我奋起蛮勇迈出隔扇一步，就体会到自己的精神依然脆弱。明明已进入阴历三月，却始终寒冷。

我觉得这样可不行，决定出门散步。天空难得放了晴。

有个东西掉在带着残雪的水渠堤岸上。我仔细一看，是个比拳头小一圈的小鬼。小鬼在冬日午后的阳光中惬意地睡着。这玩意儿可真稀奇。要说有多稀奇，我这一生中还从未遇见过。它的头发酷似玉米须，像个缠成一团的银白色线球，从中无可置疑地探出象牙色的锥形角。正如文字形容，是个小鬼，而且我推测，这是个年纪尚小的小鬼。小鬼披着件质感如同蓑虫壳般的衣服。

在这濒临灭绝的种属面前，我忽然生出本能的保护欲，这就是知识分子的要害吧。我感到棘手，一边打量四周，确认没有野狗、小孩或是看似品行不端的人。要是遇上蛇贩子那等人，小鬼转眼就会被当作药材卖掉。

那么该怎么办呢？我正在思索，小鬼忽地起来了。我"哟"地紧张了一瞬间，屏息看去，只见小鬼对我毫不留意，快步走了起来。堤坝是个陡坡，可小鬼稳稳地顺着河的流向走去。我就像鬼迷心窍一般，也跟在后面。小鬼站住了，我也慌忙停住脚步。小鬼滴溜溜地四下张望，像在找什么。我津津有味地看着，心想它在找什么呢，这时小鬼自言自语般喃喃道："说让我采些蜂斗菜回去。"

是对我说的吗？虽说是鬼，蜂斗菜对这么小的小鬼来说太过巨大了吧。背一枚在背上，可能就会摔倒。

"好，我来帮你吧。"我也故意不看小鬼而喃喃道，接着便在残雪堆成小堆的地方以及枯草之间寻觅起来。果然发现了覆着淡绿皮的小东西。

"找到了。"说着，我把蜂斗菜放在小鬼面前。

小鬼显得战战兢兢，保持着少许距离仔细端详一番后："好。"小鬼说着，立即摆出继续采摘的架势。我以为这样一枚对小鬼就足够了，可对方是这等架势，我便也接着找。眼睛一旦适应了，才发现原来周围一片满满的尽是蜂斗菜，量颇不少。小鬼拿出一张像是蜘蛛丝集结而成的网，转眼就开始把所有蜂斗菜网起来。接着，小鬼用一只手轻轻松松地拿起那堆蜂斗菜。大小有它自身的五十倍还多。到底是鬼，我不觉差点赞叹出声。

"找到要找的东西了。"小鬼喃喃道，随即跨过水渠（它走到了最边上，正当我以为它会掉下去时，它却转瞬出现在对岸）消失了。

偶尔外出，就会遇上珍稀之物。我想着要告诉邻家太太，顺便也为自己摘了蜂斗菜。我的打算是拌上味噌，当作下酒菜。突然，一个沉稳的声音在身后寒暄道："你在做什么？"

我一转头，高堂站在那儿饶有兴致地注视着这边。我同时有两种情绪，一是吃惊得差点没站稳，二是淡然接受：噢，是高堂啊。

"我在摘蜂斗菜。"

"噢。"高堂的神态仿佛阳光有些刺眼。

"你去了哪里？"我略微加重了语调。

"在白山待了一阵子。在湖的北边再过去。"

白山神社我是知道的。

"然后呢,不动明王脚踩的天之邪鬼说,让我到你这边来。正好也到了下山的时节,所以我就老老实实地来了。佐保姬①也回来了。"

"……是吗?"我想起了大丽花。

"蜂斗菜有雌花和雄花,你知道吗?"高堂注视着我手中的蜂斗菜,说道。

"不知道。"

"像小菊花攒在一起的是雄花,像黄绿色的花苞攒在一起的是雌花。"

"哦。"

的确有两种。

"我原本以为这全是一个东西。以为是一个东西有成长阶段的区别。好长时间都这样认定。"

"也会有人这样想呢。"高堂轻微颔首。

"认定是件可怕的事啊。"

"可人首先得认定什么。"或许因为很久不见,高堂的话

---

① 佐保姬的回归象征着春天的到来。见前注。

不怎么让人感到讽刺。莫非他在白山修行有所收获？

"今天你能不能多待会儿？"

"不行，我得四处转转。船拴在这前面。今天我这就回去了。五郎怎么样了？"

"五郎从早上就去散步了。它最近经常出去。希望没扯进什么不好的事。"

最近白天难得看见五郎。那家伙有它自己的伙伴，我虽然这样想，却在它夜归时不觉松了口气。我感到我们就像一家人，又向曾劝我把五郎养在家里的高堂致谢。

我刚这么一说，他便说："什么，你怎么了，格外一本正经的。你不是发烧了吧？讲不习惯的话可是会咬到舌头的。"

他说完就走了。他回过头说船在这儿，同时，他的身影逐渐淡却。高堂就这样回去了。高堂果然还是高堂。人不会因为死了或是做了修行就一举改变天性。想到这里，我既像是放了心，又仿佛有些失望。

刚回到家附近，我遇上了邻家太太，她端着一只盖了布的盘子。

"啊，绵贯先生，正好，我正打算端过去。咦？"说着，她看向我的手。

我手中握着一把蜂斗菜。

"这个……"邻家太太说着取下布，盘子里是散发着美好香气的天妇罗，蜂斗菜以及刺嫩芽，还有针鱼。我谢过她，解释说这些蜂斗菜是拌味噌的。然后我说了鬼之子的事。

邻家太太毫不吃惊，一副"原来如此"的领会神色，点头道："因为今天已是惊蛰。"

原来，那东西是虫子的一员啊。我这样想着，不经意间抬头一望，只见小鬼在路旁樱树饱满的叶芽之间，正百无聊赖地看着这边。

节分草[1]

一大清早,玄关那边闹腾腾的,我想着大冷天的怎么回事,便出了被窝去看,只见玻璃门外不知怎的一片昏暗。外面是下雨还是多云呢?我讶异着开了门,门外站了一只个头远超过我的老鹰。老鹰并非被什么阻在这儿。它挤在屋檐下,爪子牢牢踩住地面站着。瞪圆了的眼珠子正合"飞鹰色"[2]这个词,那双眼凝视着我,宛如飞鹰色的玻璃珠。

我只是大张了嘴——除此以外我能做什么呢——惊呆了。接着老鹰的背上一阵蠕动,五郎从羽毛下蹦出来。老鹰瞥了五郎一眼,像在默默行礼,它朝外走了两三步,随即一挥翅膀飞了起来。就像大半个天空都被老鹰覆盖了一样,这是压

---

[1] 节分见前注。节分草通常在立春前后开花,故得其名。也可称为"菟葵"。
[2] 在日语中,"飞鹰色"指类似鹰羽色泽的茶褐色。

轴的场面。五郎，你这家伙到底是谁？我不觉想要抛却饲主的威严，揪住它问个明白。可它朝这边兴高采烈摇尾巴的模样，怎么看都是普通的狗。

仿佛是老鹰呼唤了云，那天午后下起了雨。

最近没有动笔。执笔用的是钢笔和墨水，却因此声称自己没有动笔。然而与其说没有动钢笔，我感到没有动笔这一说法更适合精神的固有状态。① 仔细一想，虽然从熟稔上千年的笔砚过渡到钢笔和墨水，我们的灵魂是不是仍在旅途中呢？

文明迅速崛起，几乎让人错看为转瞬之间，是不是我们的精神其实并未在深层与其接壤？目睹鬼之子或老鹰而安之若素的心性，就是我们的精神在文明的领域游戏的证据吧。当目睹鬼之子或老鹰而感到不安的时候，或许我们的精神也终于不再和时代的进步发生龃龉。

没有动钢笔，比起这句话，笔砚生尘这一说法更合我的心性。

---

① 日语中的"笔"尤指毛笔。

不过，若说为什么没动笔，那是因为我写了明信片给学弟山内，说了高堂回来的事，他便让我问问湖底的情形。坦白说，这才的确远离了我的心性——即便我尚未适应钢笔和墨水——那是我不熟悉的世界。说真的，我感到恐惧。但我也想道：既然决心以文字作为毕生的工作，就不能为这点事害怕。

正当我细想着这些事，壁龛的挂轴那边有动静传来。有风吹过，响起了喀拉喀拉的声音。是高堂。他很久不曾由这一处过来。

"喂。"我像学生时代那样打招呼。

于是他也同样回了一声"喂"。

"你是趁雨来的？"

"正是。"高堂晃一下脑袋，抖掉雨露。"五郎今天在家。"高堂瞅着玉兰树下的狗屋，一边喃喃。

"今天早上回来的。坐在老鹰的背上。"其实说这句话之前，我想说"你别吃惊"，却又意识到，这样的话如今毫无意义。

"那只鹰是铃鹿山的主人吧？"

"铃鹿山，和我家五郎有什么关系？五郎它每天去铃鹿山？"

"这我不知道。不过五郎可是这一带有名的仲裁狗，你不知道？"

我当然不可能知道。这么一说，我想起高堂以前说过，五郎为河童与白鹭之争做了仲裁。不过，我当然不是亲眼所见。我向高堂确认，他便说："对啊，那件事获得了世间的高度评价，所以每逢有争端，五郎就会被喊去。"

"到底是谁把这事给说出去的？"

"首先是白鹭在天宣扬，而河童于泽追述。"

"噢。"

"要说白鹭与河童，那就好比是冤家对头。能在双方同意的前提下加以排解，我认为这可是件了不起的事。"

与之相比，我不禁感到自身的渺小。

"可这名声竟然传到了铃鹿山——"

我此刻打算提起一件从前就悬而不决的事。我毅然说："如果要用文字表现至今没见过的地方，该怎么做呢？我想写一写你所在的湖底。"

高堂说："这还是要亲自目睹才好吧。"

"能做到吗？"我不禁半信半疑地问道。

"要看你的觉悟了。"高堂这样低语道，他的身影转瞬便在昏暗中模糊了。雨势渐急，家里越来越暗。树木在风中摇晃的声音传来。是不是我在这儿盯紧高堂就好呢？

"算了，好不好？"高堂突然以干脆的口吻说道，"地下水从各个方位流入湖中。湖底的次元也不一样。对所谓时间的观念也不一样。根据意识存在的不同，你我未必会看到同样的情形。一旦时机来临，你也就能看到了吧。"

"原来如此。"我慌忙说道。

高堂注视着窗外："铃鹿山这会儿有满山坡的节分草，佐保姬在春天应该最先去那儿。今年不知怎么的，她最先来了这边，因此这边的樱花像是要开在铃鹿山的节分草之前了。铃鹿的主人一定是为此而忧心。浅井姬也在担心。我也为此去过铃鹿那边，不过节分草已经开了。大概是商量妥了吧。"

"浅井姬是什么人？"

高堂仿佛略加思忖："我找不到告诉你这事的语言。我没法用人世间的话语来说。"

唔，我也略作思索："可我想用语言来表达。"

"没情趣。"

啊，对了，我醒悟道，这就是我和高堂之间决定性的差异。对从我们面前倏忽消失的高堂,我感到自己突然涌起类似憎恨的情绪。

"你抛弃了人世。"

"你能相信人世的将来?"

钢笔和墨水?人世会走到更久远的将来吧。早晚,鬼之子等族类会完全灭绝吧。蛇贩子之类的买卖也一定会被逼到山穷水尽。

"……我不知道。"我喃喃道,心境仿佛被追逼的兔子。

高堂浅浅一笑,回答说:"算了,不说了。"

"'春第一'①会肆虐一阵子。"他扔下这句话回去了。壁龛上落了一朵模样纤细的陌生白花。它向周围释放出澄澈而不染凡尘的气息。噢,这就是节分草啊。我想着,弯腰拾起它。

这花果然只能生息在深山之中,我想。

---

① 每年立春到春分之间,于当年首度刮起的强风,所以叫作"春第一"。在本文中,台风的名字也与之前佐保姬"春天最先"的举动相对应。

浙贝母[1]

　　和尚寺院的竹林中理所当然地生有竹笋。我从前两天就突然想吃早春的笋，想吃只有一点点小的、海老芋[2]大小的笋。于是我在散步归途进了竹林信步寻觅，看看是否有笋的存在。最好的是埋在土里还没怎么晒过太阳的泛白的部分。将其用炭火烤了，在烤焦的部位洒上柴鱼花，蘸生酱油吃。

　　春天是竹子的秋天。寺院竹林是孟宗竹，因此竹子颇高。走进竹林，空气恰如"清新"这个词本身，高空中簇拥着变细的竹枝，从下面几乎看不到天空。虽说如此，却也不像照叶林[3]那般昏暗。枯叶不时飞舞而下。没找到我要找的竹笋，却在一处略高且日照良好的地方发现了奇怪的植物。大小和

---

[1] 浙贝母属百合科，在日语中名为"贝母"，又名"缨络百合"。
[2] 芋头品种，产于京都，一般直径在3—5厘米。
[3] 又称副热带常绿阔叶林。

桔梗差不多，花瓣是带了几分淡绿的本白色，从花萼到花瓣尖像个倒扣的杯子般低垂着，其妙处实在无法形容。

我迄今为止没见过这样的花。是新品种吧？

我差点就想摘回去，伸出手，想到这举动有些村气，便住了手。比起采这个，采竹笋回去远为经济实惠。于是我执拗地找笋，却仍然找不到。我固执起来，往山冈上走啊走，于是看见湖在那边。我心想：原来到了这么远的地方吗？饱享了一会儿景色之后，打算往下走一程。我正在找路，发现一户屋顶铺着杉树皮的雅致人家悄然立在竹林之中。我被其吸引，走到屋子跟前，只见屋子挂着写有"编笠"的名牌。那名牌像是书家手笔，我不禁寻思，这家主人究竟是何等人物。这时，玄关处一扇小小的拉门咯喇喇开了，从中出现了一位挽着日本髻的女人，看上去像是刚步入三十。

"您有何贵干？"

被她一本正经地一问，我有些狼狈。"失礼了。我从山脚爬山过来采竹笋，走到了意想不到的地方，一看，有处古雅的人家，所以走近前来。我马上回去。"我这样说着就准备回去。

"孟宗竹还没到时候呢。您在找的是大名竹吧。那不是这一带的竹林。再往下一点的地方。不过那也是别人的……"她谆谆教导，我光是惶恐着，却忽然涌起一个疑问，她怎么会知道我在找大名竹？

"你为什么这么清楚我在找的东西？我明明只说了竹子。"

日本髻怔了一怔："这事您清楚。"她说完不成解释的解释后又补充道："有些事我比这更清楚呢。请您从这前头一直往下走。对，一定是您在找的路。"

她这样说着，宛然一笑。我感到有些古怪。

"你是什么人？"

"我？我是百合。"说完，她深深施礼，随即又回到拉门的深处。奇妙的状况。

说起来，我听说过，从这儿往南有一处主干道上最大的关卡，由于关卡之严，加上山峰之险，女人和孩子便越过再往北一些的小关卡往来于东西。想来那个小关卡应该就在这一带。也常听到一些人的故事，他们以越过关卡的商人为对象做买卖。京都就在紧跟前，因此商人们也有给家人买礼物的需求吧。孩子喜好的木版画应该也是这一带的名产。这么说来，刚才的女人可能是那个时代在这儿扎根的人的后裔。

我琢磨着这些事，走在通往湖那边的下山路上。

所谓我在找的路，是什么？

意思是通往关卡的路吗？如果说的是我在找的东西还比较容易理解。眼下我正在找笋。

早春的天气易变，肌肤仍然感到寒意。天空中的云朵逐渐低垂，吹过的风让人想起仍在渗入周遭的冬天的执著。没多久，开始出现稀稀落落的人家。转眼我便进了村庄。有尚未翻过的地，有田间小道，却没有人迹。我继续前行，来到了像是北陆主干道的街上。沿路排列着屋檐低矮的住家。风不断吹响住家的门，喀拉喀拉地响着，却仍然没有人的踪影。或许是有人在那处住家低矮的二楼天花板之下，从小房间开了一条缝的格子窗那头悄然窥探我这边？

找竹笋走了好远。而且周围已开始飘起不成烟霞的雾气。我想着要不要回去，可既然难得走了这么远，我决定至少要走到湖边去站一站。我穿过街道，朝着大约是湖的方向继续走去。人家逐渐变得稀少，河道增多，我必须小心不让雾模糊了脚下。事实上，到了这时候，雾景已经变得相当浩大。河道四处系着小船。我想起去了土耳其的村田写来的情形，说是在彼地名为金角湾的港湾，也是个有情趣的所在，被称作"卡尤克"的小船如云霞般往来于其中。即便变换了地点，我并不认为人类的行为会有多大的差异。只要有水，人就会最大限度地利用水，想前往远方。行远——思变。①

思变！②

岸边延伸着好几处码头，宛如迷宫。为了不让脚被打湿，我用手扶着栏杆，小心地朝岸边而行。不知何时，我离开码头，来到芦苇的原野上。新芽正要从冬天被砍过的芦苇之间冒出来。砍剩下的枯萎的芦苇从那儿不断地延伸开去。

漂浮的雾越来越浓了。在芦苇对面，湖在雾中若隐若现。两三间③之外，白鹭纹丝不动地睁圆了眼睛瞄着水中。这景象和家里壁龛的挂轴完全一样。我脚下发出声响，受惊的白鹭看了看我这边，慌忙飞往雾的那一头去了。那么就是在对面吗？我像白鹭般凝然片刻，看向对面。然后，我还是决定离开那地方回去。

雾变得过于浓厚，无法维持住水分，散成毛毛细雨纷落下来。

---

①② 原文为英语。
③ 1间等于1.818米，所以这里的距离在4—5米。

山　椒[①]

　　强烈的心愿会因为呼唤而变成现实吗？和尚在法事的归途中来到我家，说他从施主那儿得了竹笋作为礼物。他是为了多少减轻一些负担，以便爬上山寺的斜坡吧。

　　"一早挖的。现在应该还没什么涩味。"

　　看到出现在玄关的和尚手中的东西，我也知道自己高兴得不成样子。"其实我前一阵开始就特别想吃笋，在和尚的山上徘徊了一圈。"

　　"那是不堪用的笋。这可不一样，是大名竹，很细致。"

　　然后，我用之前就念想的炭火烤了笋，和尚也喝起般若汤[②]，两个人愉快地看向庭院，只见五郎难得大白天就在院

[①] 即日本花椒，和中国的花椒同科同属，但气味差异很大。
[②] 隐语，指酒。

子里，它狗模狗样地坐着，兴致勃勃地看着我们，仿佛在问"有什么事吗"。

"是只好狗啊。相当明事理。今天见到我也没叫唤。是因为判断出我是对主人有利之人吧。"

"五郎朝和尚叫唤过吗？"

"有过。在相互还不清楚脾性的时候。那你徘徊于竹山，有什么收获？"

"我看到一户不可思议的人家。有位妇人，可能还有家属，总之那户人家的趣致没法形容，让我想起有人最近翻译的罗塞蒂①的文章。是这样的感觉。"

说着，我便以喝了酒的轻快心情吟道：

在蔽身之处。
你以为会觅着
嘈杂，怀疑的论辩，与明烈之火
你漫游，有许多物体
不知其名，还有寂寥之露

---

① 这里所引诗句的作者不是广为人知的克里斯蒂娜·罗塞蒂，而是她哥哥丹蒂·加布里埃尔·罗塞蒂（1828—1882）。

你邂逅自己的脚印

　　恍见万物隐现往来。①

　　和尚眯细了眼听着，像在沉思，然后嘀咕了一句："不中意。"

　　"不中意什么？那户人家？罗塞蒂？"

　　"总体上。本来，我从刚才就对那幅挂轴感到介怀。"和尚说着指了下壁龛。

　　"噢。那是这家之前住的人放的……对我来说是重要的东西。对了对了，刚才的文章，开篇确实是这样的。"

　　这是伊的肖像，如伊其人。

　　我凝视，直至伊震颤。②

　　"越来越不中意。我把它给封印了吧。如何？"

　　我大为慌乱："这可不行。纵然是和尚，也没有这样的

---

① 此诗是罗塞蒂的《肖像》中的一节。作者引用的是蒲原有明的译本，现根据英文原诗译出。
② 这里所引的其实是该诗第一句和第五句。

权利。"

"你说什么哪？救了没耳朵的芳一①的也是和尚。这样的故事都定下最后由和尚出场。"

我怒不可遏："我没想到和尚是这种人。请回吧。"

"我是为了你才说的。前几天也一样，要是你被编笠之家拽进去，可就完了。"

这个瞬间，我感到有些古怪，但我也喝了酒，没法仔细分辨和尚的话。"被编笠之家拽进去也没关系。只是对方并没有这个想法。"

"是打消了想法。因为对方认出是你。"

真是无礼。五郎在外面院子里不当回事，饶有兴致地看着我们。

"你要谢谢五郎！"

人人都满口五郎五郎。我感到没趣，怫然不作声了。

---

① 日本的神话传说。有盲目琵琶说唱人名为芳一，擅弹唱《平家物语》，寄宿阿弥陀寺中。和尚外出时，有人请芳一前去说唱，听者众多，无不恸哭。和尚返寺，觉得此事怪异，让人跟随察看，原来芳一去弹唱之处是平家的墓地。和尚为了防止芳一被怨灵所害，在其全身写满般若心经，并嘱咐芳一不得应门。怨灵当晚来邀芳一，因为小沙弥漏写经文在耳朵上，被怨灵带走芳一的一只耳朵。

"你要是不想封印,就要坚定心神。"

如果被告知坚定心神就能坚定的话,人世间骚动的种子会几近消失吧。就算我想坚定,如果心神自己不想坚定,我也无计可施,和尚说的是没用的话,我这样想着,却感到内心某处因此变得安然。

我就此不知不觉地睡了一觉。

回过神的时候,有人在玄关吆喝。我晃着脑袋站起身,出去一看,站在那儿的仍是刚才的和尚,拿着一包像是竹笋的东西。我这时完全不生和尚的气了,便说:"刚才不好意思。"

"刚才是指……"和尚露出惊讶的表情。我不安起来,是不是和尚年老昏聩了呢。

"我们不是一起喝了酒?"

"那不是我。你是不是做梦?你脸上有睡觉的印子。不说这个,我从施主那里得了笋。"

"你刚才也带了笋来,是吧?"我不停口地说道。

"没有……哈哈,"和尚露出恍然大悟的神色,"施主抱怨说,竹山被狸猫给打劫了,一早挖了笋走。"

是狸猫啊。

我抱住头。然后说了刚才的事,和尚哈哈大笑,说这事真有意思,随即愉快地回去了。

笋积存得太多了。我想分一些给邻家太太,于是开始分笋,只见附了土的部位长着一株亮绿色的小小的山椒苗。尽管只有豆粒大小,却漂亮地长成了山椒叶的形状。是发芽的季节。

春天来了。

樱

水渠两岸樱花盛开，一时保持了静止，又终于忍不住开始凋落。流水不断将花瓣聚散成大团小团流向下方，宛如晃动的太古地表。若是看久了，河面逐渐被花瓣掩埋，甚至难以看到水面。

去年我是在樱花季节之后搬来的，所以虽然听过传闻，却没想到是如此盛况。"花吹雪"这个词绝不夸张。

如果将视线稍微上扬，也会惊讶于樱花的众多，带了些微红色的亚白色物体星星点点地覆盖着山体，就像点了一盏盏鲜明的纸灯。

水渠的树下有阿拉伯婆婆纳和附地菜的绿色，还有宝盖草的浅红，就连荠菜也缀着不张扬的秀丽白色花朵，土壤一声不吭地充满着干劲。果然是正当春，为了万物讴歌生命，没有比这更合适的准备了吧。

正睡着，有什么动静让我醒了过来。天快亮了吧，夜色稍微清减，微微泛白。我一动不动地发了会儿呆，无意间看向房间一角，只见一个梳着端正发髻的陌生女人跪坐在那里。旁边放着旅行包模样的东西。我慌忙坐起身。女人双手支地，深深行了一礼："谨此前来告辞。"

我一头雾水。我拼命思索她是不是我认识的人，却没有印象。我睡眼惺忪，连声音也发不出。正当我千辛万苦地试图发出声音时，女人的身影模糊了，变得透明，不久便消散了。

就像被狐狸迷惑了，又像是目睹了梦的后续，我无计可施，躺下睡了。重新起来时，日头已经高悬，感觉快到中午了。

"那是樱鬼。你总在水渠边呆呆地看樱花吧。"邻家太太使劲点头，一如既往地揭开了谜题。我也在之后想到过这点。可是，总觉得那和鬼不一样。"你一直都是一个人，所会有这样的东西凑近来……说件和这没关系的事，你啊，东西的薪水如何？"

我因此陷入了窘境，不由语塞，感觉就像从意想不到的地方投来了长矛。"……不可能像上班的人那样。没工作也就没收入。就算有工作，要是做不好也还是没收入。我的生活状态，你是知道的吧？"

邻家太太深深点头，仿佛在说"啊，我问错问题了，我忘了，是这样呢"，她突然像亲人一样向我挪了半步，一本正经地说："其实呢——有户相识的人家正在为适婚年龄的女儿张罗婚事，那是绸缎庄的闺女，是个特立独行的人，听说她讨厌买卖人，希望和哪怕贫穷也与账面无缘的清廉不染的人士结为夫妻，父母也很困扰，但最终拧不过她，就和周围的人商量，说是如此这般云云。有势力的人向他们家提亲的可是不计其数，却没有从这样的穷人家提亲的。反正，娘家是大商铺，富裕人家，供年轻夫妇两个人生活无关痛痒。虽说如此，要是不先介绍一下……"

她是为此而问我"薪水如何"吗？一边说着"与账面无缘"，这人没感觉到其中的矛盾吗？啊，不过所谓人世就是这样的情形吧。众生都健康得足以满不在乎地背负这一矛盾吧。啊，力所难及……我做了一次深呼吸。

"恕难从命。第一，我不想有家累。"

邻家太太一脸受了严重打击的表情，目不转睛地看着我。然后她总算开口："我原以为是件好事来着……"她只说了这么一句，便摇着头回去了。

我也进了屋，刚进客厅，便注意到角落里有块白白的地方。走近了仔细端详，原来是樱花的花瓣吹聚在一处。是今天早上那女人坐过的位置。她果然是樱鬼吗？

我其实曾怀疑那女人是不是百日红。有个大洞的百日红到底终于撑不住了啊，所以来告辞的吧，脑袋清醒过来的同时，我想到了这个，前去确认。但百日红一如往常，看起来没什么特别不适。虽然如此，我仍然介怀，于是读了几首最近喜爱的罗塞蒂的诗给她听。读得正酣，邻家太太拿着"给五郎的剩菜"出现了。

对了，我把杂志忘在院子里了。我重新走下院子，回到百日红的所在。百日红一动不动地等着。总的来说，植物由于其属性，是擅长等待的存在。即便百日红也不例外。可此时她却等得格外热心。以至于在我拿起杂志的时候，整棵树刹那间轻微颤动。我感到有点诧异，抬头一看，似乎有个什么从树枝间奔过。是鸟，或是猫，我思忖着凝神看去，像是以前那个小鬼。小鬼拟身化作树瘤，似乎打算藏起来，但几乎能看见它整个身子。小鬼是从什么时候开始待在这儿的呢？要是它打算住下，百日红可受不住吧。她明明是蒲柳之质，有只蝉都会让她心烦，生性不好伺候。

我这样想着，说道："能不待在这棵树上吗？洞挺大吧。我不希望添上负担。"

小鬼看起来暂时没有变化，却生硬地问道："待哪儿好？"

我慌忙思索："对了。广玉兰如何？那边的话，可以稳稳地安顿下来。"

小鬼"唔"地发出一声鼻音般的回答，转眼间不见了。是移到广玉兰上了吧。果然敏捷。我在这时才想到应该问一下今天早上的樱鬼的情况。很难认为它们同样是鬼。樱鬼该是小鬼的姐姐或阿姨吧？

百日红的叶子沙沙作响，像是松了口气。或许她是在道谢。过午之后，山内会过来取那家纺织业杂志的稿子。我用咸沙丁鱼干和早上剩下的蚬贝味噌汤配上蜂斗菜拌味噌，解决了午饭。没过多久，玄关有人打招呼，我刚应声，山内走了进来。我难得提前完成了稿子，于是得意地递过去。山内仅露出一丝喜色。这时，他注意到被风吹聚的一堆樱花花瓣。

"哎呀，这是……"

我"啊"一声起了个头，怀疑和这家伙说起樱鬼之类怕是说不通，却还是说了："今天早上，有个不认识的女人坐在那儿，说来告辞。据附近的太太的话，说这是樱鬼，可我怎么都不觉得像鬼。若是小鬼，院子里倒也有，可到底完全不像。"

山内露出有些愕然的神色，他先是深深吸了口气，然后说道："小鬼不是鬼孩子，而是名为小鬼的种类的正式名称。绵贯先生像是从根本上误会了。从北到南，鬼族分布有各种各样的种类，不像出世鱼①那样随着同一个体的成长而变换名字。"

我为山内意想不到的雄辩退缩了。

"你怎么这么清楚？"

"这是常识。"

山内说得像在责备我。我顿时不安起来："……为什么我不知道？"

---

① 出世鱼是日本独有的叫法。有些鱼在日语中随着成长阶段的不同而被施以不同的名字，例如青甘鱼名为 buri，在 15 厘米之内被称作 wakashi，40 厘米左右则名为 inada，长到 60 厘米左右时叫作 warasa，要到 90 厘米以上的成鱼才叫作 buri。

"远离世俗，就会疏离一般常识，这多少也是没办法的。"山内转而安慰我。

"从今天早上起，尽是这一类的话。"说着，我讲了邻家太太那番"特立独行的绸缎庄闺女"的亲事。

"如果是那位小姐，我知道她。是行会干事家的小姐。这事不坏。"山内热心地说道。

我"唔"了一声，置若罔闻。

"对方一定也读过绵贯先生在业界杂志的随笔。"山内愈发热心地说道。

我又不安起来，这家伙是对我的才能失去了信心，想早点儿扔下这份工作吗？

这时他说："所以呢，这事反正会黄掉，不是吗？"

我怀疑自己的耳朵，不觉尖声问道："这是什么意思？"

"请你冷静。迄今为止的稿子确实都很有意思，这篇稿子也一定如此。不过，你写的内容会让人产生和这位作者共同生活的心情吗？"

非常有说服力。

"绵贯先生，所以啊，身处樱鬼之流规规矩矩地来打招呼的境地，你好就好在超然处之。请你尽快写高堂学长的故事。"

我"唔"地哼了一声，山内强调说正是写的时机，然后回去了。

吹聚的樱花让人有种仿佛惋惜又像是怜爱的心情，我放着没管，差不多三天后，花瓣干燥变小，乘了风从敞开的窗户飞走了。

葡 萄

空气滞重,仿佛就要下雨。我从客厅向外看去,注意到百日红开始绽出一些花朵。说起来,高堂第一次到来也是在这样的日子。那天入夜后风疾雨烈,玻璃门发出近乎恐怖的声音。我想起这些,看向外面,发现映在玻璃门上的风景和室内有些不同。不细看不会发现,那片透明的风景是某处原野。是迄今为止一直都像这样不同,还是以前好端端的映着这边的景色,而因为某些缘故突然变成了那边的景色?还有,我应该装作没发现,还是若无其事地表现出有所察觉?如果要表现出察觉,又该如何表现?我思索着这些问题,烦恼着。

这期间我的心思转到稿子上,连玻璃门的事也忘了,注意到时,天色已开始转暗。我起身去厨房,煮了晚饭吃了。

用水发过的香鱼干做成的甘露煮①，配上别人给的盐辛②。然后我去了澡堂，回家查了些资料后，喉咙有点儿渴，我没理会就睡了。

在梦中，我在和尚的山附近散步。五郎率先走在草地上。不觉间，我来到记忆中未曾到过的地方。乐队的乐音轻微可闻。我被那声音所吸引，翻过这座山，又翻过一座山，如同在彷徨一般，仅凭着耳畔的乐音向山而行。渐渐地全成了下山路，原来有一处这样的山谷啊，我感到讶异，一边不当回事地想：反正是梦。下坡愈发陡峭。刚觉得有点儿平缓，又开始下坡。如同削就的山崖逼仄在两侧。五郎远远地走在前面。我进了树林。景色的群青色逐渐加深，暮色沉缓，迟迟不至。应该已经到了相当低洼的地方。然而空气的澄澈愈加清明，树干柔雅清淡，乐队的乐音从树林深处流淌过来。不仅如此，还轻微地传来人的低语。我更惊讶了，莫非有什么集会在这样的地方举行？我完全忘了这是梦。乐队演奏的西洋音乐带着某种忧伤的怀恋与温柔，可以觉察到，即便是集

---

① 一种炖菜，原料通常是小鱼，略烤过后加糖和酱油等炖煮而成。
② 鱼贝类的内脏等加盐腌制而成的食物，可长期保存。

会,也是趣味相当高雅之人的聚集地,我同时怀着好奇心与不安,向前迈步。淡紫的暮色在周遭转深,其中隐含着不可思议的明亮,既不是月明,也不是星光。被修整过的落叶松林。或是像高地那样,自然抑制发挥了作用,因而树林无需修整?

五郎在前头不见了。我也加快了脚步,打算追上它。紧接着又是下山一样的斜坡,那前面交织着明与暗,底下泛着光,越往下,光线越明亮,像是个广场,树木变得稀疏。乐队的音乐就是从这里流淌而出。身着各不相同的洋装的男女有的倚在躺椅上,有的坐在摇椅中,他们这儿一群那儿一群地手拿玻璃杯谈笑风生,如同漫不经心散开的花穗一般。中央有张大圆桌,上面摆着葡萄这不当季的水果,几乎漫出桌面。因为喉咙渴了,对我而言,那硕大的葡萄粒相当诱人。我踏进广场。我走在人们之间,却如同在林中散步一样自然。我经过的时候,大家仅微微垂眼,表示意识到我的存在,非但没人挑剔,连盯着我看的人也没有。

圆桌周围有几个人坐在椅子上,正在悠然用餐。刀叉倒也随处可见,但由我的饮食生活完全猜不出盘中的食物,实在难以判别。等我走近,到了这时候,大家都朝我转过脸。

有椅子空着。但我可以坐吗？我感到周围的人轻微颔首，于是战战兢兢地坐下。

呀，葡萄。此时正该思量。古今东西的传说不都教过不能吃下这等异界的食物？我如果硬是无视这些教诲，我所具有的教养即便渺小，也会哭泣。艳生生地招着手的葡萄呈紫红色。葡萄带着露，几欲胀落的葡萄串装点着圆桌的中央。

"您还没吃饭？"坐在我斜对面的妇人至多刚过妙龄，她低语般问道。

"这位刚到。"她旁边一位留着威廉二世风格的胡子[1]、不胖不瘦中等身材的男性代我向妇人答道。

"谁给服务一下。"坐在那位男性对面的和我年纪相仿的男人朝前方打招呼。

我慌忙说："不。各位不用管我。我肚子不饿。"

不知为什么，涟漪般的笑声在这时一齐响起。虽然被笑了，奇怪的是我不觉得讨厌。啊，对了，我想起来："瞧见一只狗没有？我是追赶着狗过来的。"

"这里没有狗。"最初的那名妇人不寻常地断然回答。我

---

[1] 两端翘起的八字胡。

正想大声说这不可能，又听到她说，"请吃葡萄。您即便肚子不饿，喉咙一定渴了。"

这话没错。我感到周围一瞬间安静下来，像在注视我的举动。我觉得这愈发地怪异了。

"我，得回去了。"

"为什么？"刚才的威廉胡子饶有兴趣地问道。

要说为什么……我不觉穷于回答。

"待在这里不好吗？这里还仅仅是入口，您要是到里面去，那可真是绝佳的风景。有出现彩虹的瀑布，也有涌出云朵的山脉，还有钻石造就的宫殿和居住在那儿的清爽的精灵。您可以每天心平气和，光是眺望美景，只和品格高尚的人物交谈。无需返回世俗，和生性卑劣的俗物们扯上关系，连自己的心境都被染得低劣。"

我不由得几乎被拉拢过去。威廉胡子更加和蔼了。

"请吃葡萄。"

然而，有什么制止了我的手。我沉默着没动。感觉上过了很长时间。我毅然开口道："方才聆听的话，确实有着让我极其动心的成分。坦白说，我自己也不知道为什么没法产生拿葡萄的念头。所以我也在想：这是为什么？日复一日，可以无忧无虑地活着,这不就是理想的生活吗?可结果,这优雅与我的性情不合。比起被给予,我追求的是靠自己的力量刻苦抓住的理想。这样的生活——"我踌躇片刻,仍势头不停地说:"不会滋养我的精神。"

我说完后,周围一片寂然。威廉胡子满脸通红,近乎可怜。那表情与其说是出于愤怒,更像是不知所措。

"我……"威廉胡子似乎想说什么,却在瞬间像是要哭似的陷入了沉默。

"那么,告辞了。"我站起身,行了一礼,回身走上来路。不知何时起,五郎又走在了前面。我心里暗自一松。要是没有五郎在,我可不认识回去的路。

夜行列车的汽笛声从远处轻微地传来。在模糊的轮廓的那一边,意识再次告诉我,这是梦。外面好像在下雨。雨天能分明地听见汽笛。意识在幽明之境,如果是现在,似乎还能回到梦中。我心里有什么牵系着那一边。雨的气息透过隔扇侵入室内……对了,那个威廉胡子哭丧的脸。那是个脆弱又温柔的人。我意识到,尽管如此,自己却使劲拒绝了那个人……

雨无声地下着,不时可以听见雨滴聚拢在一处,从损坏的雨檐落下。我只是听着那声音。声音渐渐远去，变得低微。一开始是草原。五郎出现了，走在前面。没错。接着不断往下走。有凿开的山路。没错。听见乐队的乐音……是广场。我笔直地朝圆桌走去。摆设和刚才完全一样。威廉胡子脸色平静地看着我这边，就像什么也没发生过。

"有关刚才的事。"我首先想要告知这一点，"我认为您的心意难能可贵。我丝毫没有否定您的意思。不仅如此，我甚至对你们怀有憧憬。刚才，我有点儿自我陶醉，如果不加把劲，好像就会输给诱惑。可我回去后发现，这也是相当失礼的态度。刚才没说清楚，我对此感到抱歉。也有其他一些缘故，是我还不能来这里的原因。我得看家，我朋友的家。"

威廉胡子闭目微笑点头。旁边的妇人用扇子挡住嘴，用含着讶异的细细的声音向周围低语："他注意到了呢。"

对面的绅士也说："你能记得并且回来，真好。"

"太好了，太好了。"安心与温柔的情绪在人们之间扩散。我看着葡萄想：真美啊。突然，哎呀，这儿是夜里还是白天呢，这一疑问掠过脑海，我看向天空。天空宛如月长石做成的巨大透镜，简直像是水面，而这里不就像是水底之国了吗……是湖底吗？我想道。

这一次清晰地听见了雨滴的声音。我在枕边一侧看见穿着小仓裙裤①的膝盖。是高堂。对了，他曾说过，一旦时机来临。今晚是那样的时机吗？

高堂低声喃喃："去了一趟，也没什么特别吧。"

是这样啊，这家伙吃了葡萄，我心想。同时我还想：有这些就可以写了。

高堂站起身，迈步走了。挂轴的那一边响起他回去的声音。

"你还会来，是吧？"我从被窝里扬声追问他。

"还来。"那声音已经远了，轻微地响起。简直就像是自己道出的声音变成了彷徨的回声，在若干国境间徘徊，终于回到了这里。之后便是悄无声息，悄无声息。

我重新闭上眼。

---

① 用小仓棉布做的裙裤，是明治时代学生的日常服装。小仓棉布多为白地深色竖条纹。

乌蔹莓记　十一

绵贯征四郎

　　红叶的季节将尽。

　　宛如整座山头燃烧的深红也有其可观之处，而红叶梢头覆于清流之畔泛起涟漪的深潭之上，递出几枝红枫，又有一片两片红叶从枝头散落，浮于水面，也是颇有趣味。直到昨天，我还在为了观赏鲜艳的红叶而漫山遍野徘徊，那份愉悦如今也像这变迁的世间般消失了，要说红色，现在就只有邻居家为越冬做出万全准备而挂在檐下的干柿子，正在初冬呼啸的北风里摇曳着。

　　寻求红色的心，是怎样的心境呢？

　　是为了抚慰每天的孤独与无聊吗？然而不论是对自然还是对他人——本来这两者也可以说成是一种——说到底，人的所见，其实无法高于自己的内心，也无法低于自己的内心。

例如这份孤独究竟从何而来，对这一问题的答案，只在我自己的内心。对于我从前发出的无数个问题，如今，我可以确实地给出答案罢。也就是，无需向外寻求，我的心中至少已有了答案。纵然我为了寻找答案而徘徊于某处，那也只是在寻求一方反射自己内心的镜子，或是一方以小见大的透镜。

当我对自己有了这样的洞彻，要说有什么好处呢，就是形之于外，我不过是被寻求红色的冲动所驱使而行动，与此同时，心境则是相当寂静。然而也可以有另一番见解。仍是个青年的我，总有些遗憾。感觉不到青春的霸气。而这也是无可奈何的。

变迁是世间的常理。年少时的美好日子早已丧失，在那时玩耍的让人怀恋的人与心境，如今都不可求。不变的仅有龙田姬的到访，她毫不惋惜地将锦缎的裙摆在山野铺开，到了该出发之时，又毫不眷恋地收起裙摆。飞过田野飞过群山，爽利地换上季节的衣装，那是女神的神使，是些转瞬凋零的存在。且让我体会女神的工作之练达，以抚慰朝向冬天的寂寥心境。

　　龙田姬　伸出玉手　洒下
　一抹骤雨　湖水近黄昏

　　昨晚的梦很愉快。梦见了龙田姬美丽的神使。我的孤单也得到了一时的慰藉。那并非虚妄。而是周而复始到访世间的真切的现象。此刻，梦境和黎明染透的带着清晨寒意的露水一起消失，又在等待某个时候和世间重逢罢。尽管未必会再一次来到我的枕边。

　　　　　　　　　　　　（《唐草》月刊　十一月号）